KB123546

우리는 푸른 날개를 닮아서

Like blue wings, we fly

KT&G 상상univ. 상상이상以上
대학생 시/에세이 공모전 수상작

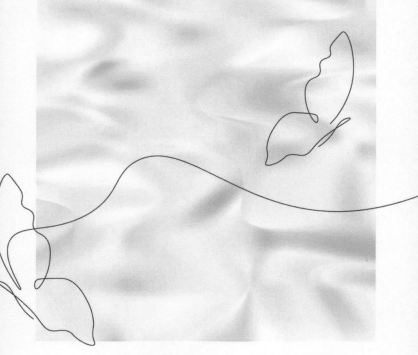

김희원   김인환   유한나   김원우   이준수

최정수   황한나   최고은   박병현   엄승화

About Sangsang Univ.

KT&G 상상univ.

상상유니브는 청년의 상상력으로 사회적 가치를
만드는 대학생 커뮤니티로 KT&G만의 독보적이고
차별적인 CSR프로그램 중 하나입니다.
캠퍼스 내 스펙 경쟁으로 힘들어하는 대학생들에게
다양한 영역에서 배움과 성장, 교류의 기회를 제공하며,
청년 스스로 문화를 창출해 나갈 수 있도록 지원합니다.
전국 13개 지역에서의 프로그램(클래스/액티비티 등)
진행을 통해 대학생들이 상상을 표현하며, 새로운
가능성을 발굴하는 동시에 다른 대학생들과 새로운
추억을 공유할 수 있는 교류의 장을 제공하고 있습니다.

詩 시

『끄적임의 어느 날』 　김희원

『글이 되어버린 사람이』　김인환

『파도 소리』   유한나

『단잠』   김원우

『담십육서사』 이준수

Essay 에세이

詩 시

김희원

계절을 여러 번 두드렸다
풍성한 글감이 조각조각
피어올랐고

무던하게
언어 속을 헤엄치던 시간은
나를 행복하게 만든다.

짙어져 가는 글의 언저리에서
난
많은 사람을 위해
여백을 짓고 끓이며
종이의 옆자리에 머문다.

『끄적임의 어느 날』

공기 속,
휘적거리던 단어들이
끄적임을 만나
공간이 되는 기적

그날을 , 그 달을, 그 계절을
미묘하게
알아차리는 손끝의 흐름이
간질간질한 대화체로 바뀌는 기적

그대 곁에 머무는 동안,
유효한
기적의 유통기한

오늘도 난 진심만을 끄적입니다

- 2022, 계절의 속삭임 속 어딘가

조각놀이

필연적인 끌림에
알알이 맺히곤 했던 마음 조각이
유난히도 발랄해 보이는 요즘

그대 시간에 안긴지 얼마 되지 않아
이곳저곳에
함께 한 시간들이 서려 있다
심장 소리에 얌전히 앉아있는 당신의 미소 한 자락이
내 조각을 울렸고
나는 혼미해진 정신을 겨우 붙잡은 채
당신의 온기로 흥건해진 나의 조각을 쓸어 담는다

생각과 그 기적 사이

오늘도 난
조용히 생각 한 스푼을 꺼내먹습니다
노을 한 자락과
그대의 순결이 오묘하게 겹치는,
꿈속을 헤엄치듯이 나긋한 목소리와 함께 말이죠
너스레를 떨던 햇살이 손짓하듯
내 마음의 온도가 한없이 다정해지는 기적의 순간

바닷길 연인

모랫길을 저벅저벅 걷다 예쁜 모래알 속
달빛 향기를 닮은 연인을 만났다

서로 참 많이 닮아있었고
추억과 추억이 혼재되어 단단하고도 영롱하게
사랑의 언어를 채워가고 있는 그들

뻣뻣하게 굳어있던 시간의 페이지가
점점 짙어지고 어우러져 운명을 완성한다

따스한 유리컵에 담긴
그들만의 달달한 세상이 문득 감사해지는
어느 고요한 여름날

그날의 오후

바닷길이 가르마 타던 어느 시원한 여름날
구름의 눈가에 잔주름이 질 때까지 마음껏 웃었던 우리
긴 속눈썹 사이로 비치는 별빛을 바라보며
우리의 시간을 어루만졌던
달콤한 언어 속을 찬찬히 따라가 본다
다정히 그리고 사르르 스며든 그들의 계절은
흩날리는 부스러기들마저 향기롭다
석양이 간지럽히는 뜨거운 여름
호호 불어
서로 떠먹여 주는 우리 둘만의 오후

자연스러운, 기적

황홀과 행복의 언저리 쯤에 저장하고픈 순간
그 온도는 내 운명과 많이 닮아있다
소중함이란 단어가 마음 한 켠에서 아려온다
서로 다른 색깔의 시간이 스며드는 기적은
정말 한결같이 자연스럽다

가로등

보랏빛 안개가 잔잔히 울렁이던 그 새벽길은
고즈넉한 달의 숨소리가 닿을 듯 말 듯
한없이 잔잔하고 고요했다
감성에 물든 은하수 빛 한 잔에
달콤한 취기를 느낀 나는
당신의 미소를 닮은 가로등을 바라보며
오늘도 밤을 지새운다

계절, 발걸음

계절은
끝을 알 수 없는 결말에
금세 차오르지만
그저 같은 선상에서 끄적거리고 지우기를 반복하며
또 한 걸음 나아가는 발걸음이
참 따뜻하다

사랑 언어

입에서 쉬이 터져 나온 그대의 이름
내 언어에서 다른 사람의 귀로 전해지는
소리의 공기만큼은 맑다
때론 공기의 떨림이 참 낯설지만
시간 여행을 통해 자연스럽게 탄생하는 단어의 재치

달력

별 어깨에 잠시 기대어 둔
그댈 향한 내 진심
기나긴 하늘 바람에 한숨 자고 일어나
달력 모퉁이에 쉼표 하나 그리고 나면
청초한 당신의 숨결 끝자락이
내 여백에 닿아
마침내 완성하고 마는 추억 한 컵

은하수 미소

가만히 있어도 나를 웃음 짓게 만드는 시간 속 재치가
내 일상을 은하수로 만들어버린다
조금씩 새어 나오는 행복한 시나리오
공기를 향해 투정 부렸던 그 아이의 입꼬리는
주섬주섬 하늘을 향해 손을 뻗는다
하루의 빛깔이
온통 자그마한 잔상으로 아름답게 물들어간다

아침 인사

잠이 덜 깬 눈을 비비적거리며
창문 틈 사이로 손짓하는 햇살을 꺼내먹는 너의 손끝
귀여운 소란스러움 때문에
당신을 향해 부끄럽게 외치던 메아리
그 속에 잠시 꽂아둔 책갈피
꽃 한 방울 톡 떨어트린 그대의 목소리에
지난 밤, 당신의 포근했던 밤의 안부를 묻는다

여름이었다

짙은 자리에 차곡히 쌓인
투명한 실루엣이
내 두 뺨에 앉아있다
천천히 두드린 계절에
여름이
쿵 하고 떨어졌다
그 해 덥기만 하던 한 장이
이젠
앙증맞은 두근거림 한 줄이 되었다

장미를 버릴 용기

상처로 그을린 새파란 장미를 버렸다
야속하게도 돌아오지 않을 운명의 장난을
겸허히 받아들이며
난
미련 없이 돌아섰고 추억에 잠긴 시곗바늘을 내던졌다
묵직한 언어의 무게를 힘겹게 버티며 견뎌온 시간들
모른 척했지만 결국 색이 바래버린 시간들에
눈물을 훔친다
애썼다
그거면 됐다
충분히 너만의 온도에 집중했고 지켜냈다
던져버린 시곗바늘을 깨끗이 닦아내고
은은하게 울려 퍼지는 시간의 종소리를 반갑게 맞이한다

잔상

마음의 겉면이 파스를 붙인 듯 쓰라린다
움직일 때마다 난 차가운 공기와 입씨름한다
달콤한 꿈을 꾸었고,
그 꿈엔 그리움이 혼재되어 그저 실루엣으로만 남아있다
컵에 담아두려고 하였는데
자꾸만 삐져나온다
스케치 속 너울거리는 그의 잔상은
오늘따라 유난히 아름답다
이젠 과거가 되어버린 요란했던 심장 박동수
그 숫자는
내 곁에서 일말의 희망을 품은 채 겉돌고 있다

일상, 오후

시간의 미세한 떨림
얼어붙은 숨결의 춤사위에
웃음을 내던진다
선선하고 담백한 바람이
빛처럼 번진 한적한 오후
우리는 그저 그렇게 걸었다

밑줄 하나

붉은 수박 바람에
발그레한 온도를 지운다
감색빛 온기에 엉겨 붙어
고숩내나는 내 마음에
깊고도 고요한 밑줄을 긋기 위해서 말이다

새벽노을

새벽을 노릇하게 구웠다
그러자 나른히 선잠을 자고 있던 기적들이
고소한 향기를 풍기며 눈앞에서 아른거린다
방긋 웃으며 앞치마를 두르는 그의 몸짓
시간의 밥풀까지 싹싹 긁어
오롯이 나의 오늘이 될 수 있게
손 내미는 그 공기가 참으로 감미롭다
찬찬히 삶의 속도를 맞춰가는 걸음걸이가
느긋한 오솔길을 노래하듯
노을 바람 한 움큼 집어먹듯이 행복한 이 시간

달 그림자

어젯밤 살짝 접어놓았던 달 그림자를
남몰래 기억의 저편에다 스르륵 펼쳤다
볼 빨간 은하수가 몽글몽글 피어오르고
옷깃에 스며든 풋풋한 박하향이
매혹적으로 다가온다
그 향에 젖어 든 발자취가 잉크를 사로잡고
당신의 세상을 살굿빛으로 물들인다
아리따운 색감을 당신의 하루에 미루고 돌아오는 길이
어쩜 그리 예쁜지
새어 나오는 미소, 간신히 참느라 혼났다

조용한 기적

심장 한가운데
단단하게 맺힌 이 감정
마치 꿈이 입안에서 굴러다니는 듯하다
그 아이의 언어가 겹겹이 쌓이는 게
맙소사
먼지 한 톨도 쌓여있지 않다

정갈한 저 옷소매처럼
내향적인 햇살마저 편히 쉬다 간다
정처 없이 맴돌던 언어가
마침내 공간이 되는 기적이 닿기를

첫사랑

운명인 듯 아닌 듯 묘하게 맞닿아있는 시간
코를 찌르는 달달함
그 닿는 교차점에 조용히 다가가
작은 글씨로 *끄적여본다*

사실은
너와 나, 맞닿은 공간이
365번 뜨고 지기를 반복한
태양과 달의 눈인사였다고

김인환

23초간 주마등처럼 스쳐 가는 기억을 세어본다

23년간 얼마나 울었더라
23년간 얼마나 웃었더라
23년간 얼마나 넘어졌더라
이것들을 어떻게 건더냈더라

23년 이곳에서
과거는 얼마나 후회하고
미래는 얼마나 기대할 건가

instagram   @seoul_jinju

email   dydaos22@gmail.com

어머니 계신 곳

거센 소나기,
어머니의 울음인 줄 모르고
귀를 닫는다

거센 바람,
어머니의 교훈인 줄 모르고
창문을 닫는다

뜨거운 햇볕,
어머니의 사랑인 줄 모르고
커튼마저 닫는다

이들 없이 살아갈 수 없음을 망각한 채
난 갈수록 고립되어 간다

멀게만 느껴졌던
그녀와 나 사이가
창문 한 칸뿐인데

집중

도서관에서는, 책에만

공연장에서는, 음표에만

체육관에서는, 땀에만

너와 있을 적은, 너에게만

홀로 있을 적은, 나에게만

그렇게 가끔은 지금만 생각하고 싶더라

다짐

승차장에서 한 줌 한 줌
비좁게 꺼내던 단어들이
오늘에야 완성되었다

책임질 문장만 만들고 싶었다
그리고 당신에게 만들 수 없는
문장이 없을 것 같았다

4월에 기대

밀어닥치고 터져 나오는
지하철역에도 꽃집은 있었고

해마다 밀고 갈리는
도시의 언덕에도 꽃집은 있더라

어쩌면 모든 이들의 마음
어딘가에도 꽃집 하나씩
자리하고 있는 건 아닐지

그리고 돌아오는 4월에,
내 마음 한편에 우연히
라일락 향기 내려앉는 건 아닐지

아슬한

저 멀리 트럭 밑에 숨어있는 고양일지라도
나와 눈을 마주친 순간 그녀는 이미 특별하다

하지만 그녀에게 나는
그저 본인을 가지고 놀던 하나의 생물체에 불과한 것이다

눈을 쳐다보기 위해 노력한 끝에
그녀와의 대화에 들어갔다
그리고 말없이 그녀는
걸음을 멈춘 내게 다가왔다

나는 멍하니 그녀의 움직임
하나하나에 집중했고
한 번의 부름에도 기뻐했다

그러나 더는 다가갈 수 없었다
휙, 도망가 버릴까 봐

그래서 가끔이라도 힐끔 쳐다보는 눈짓,
그 거리에 머물기로 했다

사람이

글을 쓰게 하던 사람이

글을 써서 주던 사람이

글이 되어버린 사람이

연습

사랑한다,
그 말이 되기까지 수없이 사랑했다

미안하다,
그 말이 되기까지 수없이 미안했다

헤어지자,
그 말이 되기까지 수없이 이별했다

괜찮다,
그것은 언제쯤 될 수 있던가

수신자 없음

한순간 쓰러졌다

밥상, 눈물, 기억, 그리고 내 육체까지
아무것도 남지 않았다

일어설 힘마저 잃었다
나만 그런 것 같았다
그래서 차라리 마음이 편했다

이 병이 너에게 옮겨가지는 않아서

역지사지

턱 끝까지 차오른 뒤에 나에게 물었던 말이다

"너 진짜 괜찮은 거냐"
"왜 나보다 덤덤한 거냐"

내 침묵이 네 턱 밑을 차오르게 했다는 사실이
미안함보다는 왜 고마움이 돼버렸을까

2월 18일

매일 여는 내 방 손잡이가 오늘따라 차가웠다. 이 방을 따스하게 해주던 내 19년 세월이 모두 지푸라기 열 박스에 담겨서다. 나에게 매사 짐 덩어리를 안기던 아버지가 캐리어만 내게 남겨둔 채 상자를 모두 짊어 들었다. 나를 그 누구보다 상남자로 키우길 원했던 그가 오늘만큼은 나를 감싸주었다.

매일 아침 잠옷 차림으로 슬리퍼를 질질 끌던 나는 어느덧 정장을 빼입고 구두를 신은 채 어머니의 해장국집으로 향했다. 이제 그녀의 손을 잡을 수 없기에, 그녀의 손이 담긴 김치통을 오른손에 꽉 쥐고 상경 길에 올랐다. 끓어 넘칠 듯 말 듯 한 해장국을 끓이는 어머니의 눈가에는 넘칠 듯 말 듯 한 눈물이 가득했다.

대진 고속도로를 달리는 아버지는 한 번도 휴게소에 머물지 않았다. 내가 곁에 있지 않았더라면 들렀을 휴게소는 이미 저만치 지나버렸다. 나는 속상했지만 앞으로 그가 휴게소에서 마음 놓고 쉴 수 있다고 스스로 위로했다.

마침내 도착한 서울특별시 동대문구 휘경동. 짐을 모두 내려놓고 그와 함께한 마지막 식사는 휘황찬란한 뷔페, 레스토랑도 아니었다. 어두운 골목 한쪽에 자리한 지극히 평범한 '엄마손맛집'

이었다. 보글보글 끓는 김치찌개를 2인분 시켰다. 그리고 그는 말없이 그의 뚝배기에 있던 돼지고기를 모두 내 뚝배기에 담았다. 앞으로 올려주지 못할 돼지고기를 모두 얹어주는 듯해서 감사하다 못해 서러웠다.

그리고 그는 한 번도 뒤돌아보지 않고 떠나버렸다. 나는 한참 동안 그의 뒷모습을 바라보았다. 그의 짐을 덜어주고자 했던 상경 길이었지만, 왠지 홀로 내려가는 그의 등에는 더 큰 짐이 얹혀있는 듯했다.

가구점

수도 서울에는
수많은 거울이 즐비하다

희망찬 나를, 미소 띤 나를 투영하는
좌절한 나를, 인색한 나를 투영하는

그리고 나도 모를 나를 투영하는
그런 거울들 말이다

그래서 내 거울이 뭔데

나는 정말이지 빽빽한 빌딩 사이에
간신히 자리해 정을 나누는 나를 투영하는
그런 거울을 찾고 싶다

1인 가구

7시 알람, 8시 기상
오늘도 매한가지다

벽시계는 7시 50분
1년 전부터 10분 느리게 회전하는 건
나만 알고 있다

조식 시간은 갈수록 늦어진다
집이 넓어질수록 누군가 당겨줬던 시간과
난 점점 멀어진다

현관 앞에 놓인 일간지를
덜 닦은 식탁 위에 펼친다
그리고 신문 속 사설은 어제를 서술한다

이삿날 리코더 소리 새어 나오던 앞집은
이제 현관문 잠금 소리조차 들리지 않는다

홀로 살아간다는 것은
세상과 멀어지는 것일까
나와 가까워진다는 것은
너와 멀어지는 것일까

오늘도 눈은 내리는데

집주인이 잠깐 비운 사이 흠뻑 쏟아졌다 집주인이 언제 올지 눈이 또 언제 올지를 생각하며 창문을 열었다 그리고 눈을 굴리자는 친구들의 연락을 기다렸다 그러나 내 집은 한기만 가득했고 난 금세 창문을 걸어 잠그고 집주인을 기다렸다

내일도 눈은 내리겠지

남강에서

서울 하늘 아래서 치열하게 싸우던 한 청년이 있었다. 그 청년은 두터운 복면을 덮은 채 살아가고 있었고, 복면 속 출렁이는 눈물 샘을 부여잡고 있었다.

견디다 못해 도망쳐 온 이곳, 진주성 하늘 아래가 복면을 벗어 던질 유일한 곳임을 알아차렸다.

어머니의 품에 안기기엔, 그 품이 이제는 너무 좁기에 잠시 남강 물에 안겼다. 그리고 그는 이 잔잔한 강물 위에, 숨겼던 눈물을 떠내려 보냈다.

마침내, 청년의 하늘 아래에는 따뜻한 고요가 내렸다.

여행기

2년 전, 친구들 소문 듣고
든든한 육체를 이끌고 서울로 왔다

2019년, 여기저기 잽싸게 옮겨 다녔다
2020년, 적색 신호가 켜지는 바람에
한동안 발걸음을 옮기지 못했다

구름이 걷히고
저 멀리 아리따운 여인을 보고는
광선을 쏘아대는 간판의 빌딩을 보고는
비로소 내가 여행객임을 알아차렸다

그렇다,
아직 담을 게 많은 두 눈동자와
아직 버릴 게 많은 두 귀를 가진
나는 아직도 드넓은 서울을 여행하는 중이다

그리고 난 지금,
그 여행을 함께할 동반자를 찾는 중이다

303호

내 화를 삼켜주고, 내 눈물을 받아주고, 내 웃음을 이 공허한 공간에서 한동안 맴돌게 했다.

303, 이 숫자를 보고는 그제야
끔찍한 하루가 끝났음을 알았고
303, 이 숫자를 떠나보내며
끔찍한 어제가 지났음을 알았다.

부모님의 손길이 전혀 닿지 못했던 이곳은 방랑자 신세인 나를 품고는, 두꺼운 창으로 험한 바람을 물리쳐 줬다. 그리고 밤마다 천장에서 펼쳐지는 공연에 나는 홀로 행복했다. 이 드라마를 실현하기 위한 용기로 나는 팽창했고, 더는 이곳은 나를 감싸기에 벅찼다.

작지만 아름다웠고, 그 누구보다 고생 많았다. 그리고 이 외로움에 발길을 더해 준 그대들도 정말 고맙다.

품절

부끄러움에 밀려 학교 뒤편에 몰래 적었던
여학생 이름은 흰 페인트로 말끔히 뒤덮이고

친구들과 몰래 나아란히 거름 주던
골목은 CCTV가 지키고 있고

매일 헐레벌떡 뛰어가던 학교 앞
통일 문구는 주차장이 되었다
더는 보기 싫어 들어가 보지도 않았다

들어보니,
놀이터도 사라지고
모래 운동장은 잔디로 뒤덮였다고 한다

이제는 2013년 졸업 전 봉곡초등학교,
나만 가지고 있다고 한다

성과

바람은 잠시 봄이 됐고
하늘은 잠시 여름이 됐다

가을로부터 나는
봄이 되고자 했지만 그러지 못했고
여름이 되고자 했지만 그러지 못했고
가을이라도 잡고 싶었지만 그러지 못했다

자연스럽게 겨울을 맞지 못했고
노력의 끝으로 겨울을 맞이했다

유한나

많은 것을 받았습니다. 참으로 덧없는 축복입니다.

제가 나약하고 오만할 때조차 기꺼이 자신을 사랑으로 들켜
주시는 무한한 존재와 여느 때나 돌아갈 수 있도록 안식처
가 되어주는 가족들의 너른 품과 희희낙락 웃음소리에 몸
둘 바 몰랐던 과분한 친구들과 함께한 시간, 사람은 친구의
얼굴을 빛나게 하는 존재라는 것을 소개해 주신 그 분께 이
영광을 돌립니다.

꼿꼿이 서 춤을 추며 태양을 향해 걸어가는 삶을 살겠습니
다. 함께하겠습니다. 사랑하겠습니다.

『파도 소리』

이름 있는 마음들이 제 시를 통과할 때면 자신의 파도 소리
를 들어보는 체험을 하며 잃어버린 고유한 시간, 리듬, 박자
의 향기를 되찾을 수 있길 기도합니다.

그저 깜깜한 가슴 속 밤하늘에 떠다닐 반딧불만 한 빛 한 점
이 된다면 족할 것입니다. 그 나머지는 타자와 세계에게 위
탁하려고 합니다.

우리 모두의 삶이 버겁도록 사랑스러운 삶이길,
어린아이처럼 뛰놀며 기뻐할 수 있는 삶이길,
매일 밤 단잠에 들 수 있는 삶이길 바랄 뿐입니다.

바람

바람에 노래가 있는 걸 그대는 아는가
아는 그대는 흥얼거리고 있는가

바람에 마음이 있는 걸 그대는 아는가
아는 그대는 어떤 위로를 받고 있는가

바람에 여유가 있는 걸 그대는 아는가
아는 그대는 함께 적셔지고 있는가

바람에 용기가 있는 걸 그대는 아는가
아는 그대의 머리칼은 흩날려지는가

온전히 바람에 맡겨진 순간
그대는 이전에 없던 완벽함에 감탄하고 있지 않는가

그런 사람

뭉퉁그런 모양새를 애써 갖추지 않아
삐죽한 가장자리 하나 없어
빨간 심장을 찌르지 않고
눈망울에 심어져 있는
뽀얀 햇살을 내비춰주는

그런 사람

그대로움

멈추지 못하는 회전목마처럼
돌고 도는 쳇바퀴 속에서

외로운 마음
돌볼 재주는 없고

끝내 주저앉지만
크게 숨을 내쉬어보니

제자리였다
참 다행이었다

그림자는 선물이었다

너의 등장은
조명 아래에서 머물렀다

그리고
내가 좋아하는 낮이었다

틈 사이로 마중 나온
너의 모습을 담아내는 것이 좋다

때론 그늘이 되어주어
집보다 좋은 안식처가 되어주고

때론 숨바꼭질을 하듯 네 뒤에 나를 숨기며
함께 놀아주는 친구가 되어주네

어느 곳에서나 내 곁에 있는 너는
알고 보니 커다란 선물이었다

해바라기

겸음을 다시 마주하며
또 겪어내니

눈물에 손수건을 내밀어줄
작은 손은 과분했을까

단 한 번의 선물을
영영 기다리는 쉼호흡일까

숨이 턱 끝까지 차오르는
슬픔의 정거장에서

나의 손을 낚아채
모닥불의 따스함을 담은 버스를 기다리네

막간의 순간들

창문 틈새로 내리쬐는
햇빛의 묵직한 무게

넓은 직사각형 모서리에
눌러앉아 목을 축이고

가까움과 먼 그 사이
어디에선가 손을 마주 잡으며

해맑은 서로의 얼굴에
보여지는 아름다움이 기특하구나

막간의 순간들은
하루를 살게 하고

우리들 곁에 영원히 스며들어 있으리

꿈비

나의 솔직한 마음은
그리 예쁘지 않다

이 마음이 너를 향해 갈 때
네 마음이 아플까

나는 늘 뒷걸음칠 치네

그리하여 나의 눈망울에는 물이 고여
깊게 패인 웅덩이가 있다

들키고 싶지 않은 나의 웅덩이를
꺼내놓을 곳조차 찾지 못하고 있었네

오로지 꿈에서라도
만나는 너의 무형의 얼굴 위로 떠다니며

내가 가는 것일까
네가 오는 것일까 혼잣말을 되뇌이네

네 꿈에는 내가 없으니
네가 나에게로 오는 듯싶다

봄춤맞이

유독 봄이 좋은 이유를 알게 된 날이었다

봄의 느릿한 해가 좋다
내리쬐는 잘 짜매어진 따스함에
마음의 강아지풀은 한들거리고

꽃들에게 입혀진 알록달록 옷들은
나의 눈망울 끝에 매달려
사라지질 않았다

왈칵 떨어지며 제자리를 찾지 못해
나뒹굴었던 나의 추운 겨울 눈물들을
마침내 살랑이는 봄바람이 닦아 주었네

사랑하는 사랑의 느낌을
함께 사랑해주는
나의 봄이 곧 오고 있음을 느끼네

Timeless

그 순간이 영원하길 바라는 마음이었다

나를 바라보는 너의 눈동자 안에 내가

사랑이었을까

Pointless

너는 내가 처음 보았던 눈동자더라

돌고래를 빼닮은 너의 눈 속으로 나는 휘감겨졌고

너의 동그란 검은 물감에 잠겨있는 나는 덩그러니

그 탓에 초점을 잃어 그윽함으로 넋을 놓은 채

심플한 순간,

바다만큼 사막만큼 포근한 너의 눈 속에서 나는 춤을 췄었네

Shall we dance 너랑 영원히 가로세로 춤추길 바랐던 모양이다

잃어보는 용기

받아들임의 차이이며
생각하기 따름이다
살아오는 삶의 색깔 나름이었다
음소거의 눈빛과 마찰하게 되는 나의 마음은
사랑의 방식이 다른 너를 끌어안을 수 있게 되었다
흥이 넘치는 멜로디에 슬픔 담은 가삿말처럼
움직이지 않을수록 더 크게 와닿는 너의 숨결을
이제야 조금 덜어낼 수도 있게 되었다
숨어있을 수 있는 삶 저 너머로 소유하기 위해
꿈꿔왔던 맹목적인 사랑을 위해 말이다

친애하는 나의, 우리

어줍짧은 뭉게구름 웃음에
악수를 나누는 순간들이 겹치며
우리가 되었다

ㄱㄴㄷ 끝말잇기
모래성 짓기
공기놀이

우리가 되는 시간의 형상을 그리며
우리는 순간을 초월하였고
너와 나의 우리가 되었다

그 나머지 것들, 언어

3월의 언어들
채움과 부재 그 간극의 좁힘이 가능했던
사람들의 사랑 사랑 사랑

심플한 순간,

Love is all 이라는 모순의 섹시함
이따금씩 충전해줘야 또 살아내는 것이다

마지막은 눈동자의 진심이었고 이고 이길
감사한 만남과 얼굴들은 참 축복

이름을 짓는 자

그때 그랬었다
겨우 숨을 뱉었던 때
해가 쨍할 때조차
달팽이 집 속에 살았던 때

영혼을 가눌 수 없어
몸 둘 바를 모르던
어린 소녀와 소년은

마지막 전장에서 승리하고
새 숨 얻어 살아남은
우뚝 선 소나무의 울창성을 외치네

탐욕스러운 호기심은 기어코

평행선 위에 우리는 중력의 무게에 짓눌린 압축된 개념
멋모르고 평행 우주를 거래한 별 둘의 초췌한 모습
끝내 사건의 지평선 너머로 빨려 들어가기로 하네

갱신될 무거움이지만

좋음이란

설령 지금 당장 좋지 않더라도
이 다음이 열리는 것

용기란

뿌연 연기와 같은 끄트머리의 낭떠러지에서도
도중에 포기하지 않고 정진할 수 있는 힘

다스림이란

제 자리의 여운을 잊지 않음과
순간적 충동의 노예로부터 자유로움의 존립

인생의 다음 책장으로 넘어가는 것에 대한 전념의 태도들

건강한 중독이었다는 견해일 뿐

시간이 무감각하게 느껴질 때가 있다
과일의 풋내조차 맡지 못했으며
진지한 맛을 걸러내지도 못할 만큼
전 지구적 차원의 농도 짙은 흔들림이었다

너의 이름을 손바닥으로 쓸어보면서
잦은 배웅은 간절함을 옅어지게끔 하였고
해 아래 잔물결이 되기까지
불타 없어질 재일 뿐이었다

고귀한 우정

밑바탕의 신념들이 한데 어우러져
쾌활한 웃음으로 순환된다

누구의 탓을 하지 않은 채
누구의 덕분이라는 덕담을 건네며

지나가 버린 장면들의 조각집을 새긴다
한계가 있는 마음들에게 충만함을 뿌리박아

세월의 야속함을
선물 받은 시간으로 탈바꿈시키는 어엿한 축복

재생불가능한 허물어진 사랑이 아니기를

뙤약볕을 등진 우리의 나란한 그림자와
계시적인 어미를 덧붙여 말을 주고 받는 것이 좋더라

더욱 바라기는
그 모든 의미의 온도에 우리가 감싸질 때

(보라 새 것이 되었을 때)

새초롬한 우리의 마음이 멈출 줄 모르는 사랑으로 가득하길
버겁도록 사랑스러운 삶이길

지금의 나는 공사 중일 뿐

거대한 참나무도 한때는 땅에 떨어진 작은 도토리였다고 하더라

우주에서 본 인간이란 작자는 하나의 점에 불과하나
우리는 한 숨의 흙을 담은 영혼 지닌 존재이기에
그저 살아 숨 쉬는 것만으로도 족하다
가끔은 내 앞에 선 골리앗에게 져도 괜찮은 것이다

나의 세계는 비교할 수 없을 만큼의
경이로움의 충격과 활개 치는 위대함이 담겨있기에
그러니 자신을 은밀하게 증오하지 말고
또 지나치게 사랑하지 말고

선명하게 귀를 기울이며 반응의 감각을 잃지 말기를

김원우

한국예술종합학교 영상원에서
드라마 연출을 공부하고 있습니다.
가끔씩, 아주 가끔씩 시를 씁니다.
사람이 담긴 풍경 사진도 찍습니다.
부산, 제주, 그리고 가족을 애정합니다.
김동률, 김승옥, 이와이 슌지를 좋아합니다.

『단잠』

지나간 마음들을
잠시 들여다보는
시간이 되었으면 합니다

봄
여름
가을
겨울
계절의 냄새를
간직하셨으면 좋겠습니다

단잠

살짝 열어놓은 창 틈새로 새어 들어오는
햇살에 눈 찌푸리며
습한 바람 냄새를 맡으며
곤히 이불을 덮는다

그러다 잠시 깨는 동안
날 슬프게 하던 생각들이 찾아와
머릿속을 헝클어놓으면
빨리 저편으로 보내버리고
다시 잠을 청한다

잠깐의 단잠을 자고 나면
또렷해진 정신을 챙겨
나는 또 다시 앞바다에 나가
유유한 걸음을 옮긴다

다시 그 기억이 새어나오는 듯하다

어둑한

내가 고독한 사람이란 걸 인정하고선
한없이 서글퍼졌다

내가 가진 어둑한 깊이를 알고선
그 사람만이 날 다독여주었다

해 질 녘, 제주

민망스러울 만치 작은 일에 앓다가
이곳으로 온 것이다

해 넘어가는 즈음 밖으로 나오니
습한 바람이 여전하다
바닥에 닿을 듯 쏘다니는
제비들은 제 둥지를 찾고
이름 모를 새끼개들 네 마리는
날 졸랑졸랑 잘도 쫓아온다

그렇게 눈앞엔 돌바다가 있고
눈높이만 한 수평선이 있고
끊임없이 파도가 일렁인다

날 슬프게 한 것들
생각하지 말아야지
가만히 있어야지
그냥 이렇게 놓아두어야지

가을 사람

그 사람은 가을에 태어나
그렇게 쓸쓸한가 봅니다

그 사람은 가을 사람이라
날 그리 쓸쓸하게 했나 봅니다

그 사람은 자신이 태어난
가을을 닮아
그토록 쓸쓸했나 봅니다

밤을 걷다

그 사람이 남산을 걷자 했다
정상에 올라 숨을 고르고서
아무도 없는 밤을 걸어 내려왔다

스산한 초여름의 밤
남산 자락에서 반달곰이 출몰한단 농담에
그 사람은 내 팔을 붙잡았고
그렇게 한참을, 또 한참을 걸어 내려왔다

마중

마중이란 단어가
어찌나 이리 따스한지
알게 되는 오늘입니다

그리고 배웅이란 단어가
이렇게나 슬픈지
느끼게 되는 오늘입니다

적당한 밤

내 부모님이 두 분 다 경상도 분이라는 걸 그 사람에게 말했다
내가 사는 곳은 바다와 먼 부산이라는 걸 말했고 요새는 많이 내
려놓고 살고 있다는 말도 건넸다 밤 산책을 좋아해서 한참을 걸
어 다니다 요새는 궁을 혼자 거니는 은근한 취미를 가졌다는 말
을 했다 창경궁에서 처음 만난 할아버지와는 춘천 이야기를 오
래도록 하였고 이전에 만났던 친구와는 여행을 꽤 많이 했다는
것도 그 사람에게 말했다
덥지도 춥지도 않은 적당한 밤 나는 그런 사람이 되었다

마음과 마음이 맞닿아

다섯 시간 동안 다섯 사람을 만나는 것보다
한 사람을 내리 다섯 시간 마주하는 게
나는 참 좋습니다

마음과 마음이 맞닿아
온기 가득한 시간을 보내고 싶습니다

오늘은 그런 하루의 시작이었습니다

그 사람은 어제 집을 못 들어갔다 했습니다 그러다 아침 일찍
다시 저를 만나러 나오는 길이었습니다 나는 어제와 같은 셔츠
와 바지를 입고서 버스에 올라탔습니다 오늘은 그런 하루의 시
작이었습니다

날도 적적한데

날도 적적한데
얼굴 함 보시겠습니꺼

니 또 와그라노
또 뭐 일 있제

아무 일 업쓰예
그냥 술 한잔 할라꼬

어디로 가면 되노

뻔하지 일로 오이소

그래 갈꾸마

잔물결

당신에게도
내가 앓았던
사소한
감정의 잔물결이
옮았음 좋겠습니다

순백

내 얘길 들어봐
어제 첫눈이 내린 거야
아무도 밟지 않은
순백 위 흰 눈을 밟는데
소리가 너무 좋은 거야

뽀드득 짜악
내가 새하얀 눈 위에
첫걸음을 옮기는데
그 소리가 너무 이쁜 거야

너에게 들려주고 싶어
이 시를 쓰는 거야
너와 함께 이 눈을 밟고 싶어
이 시를 써보는 거야

외로움에 관하여

외롭고 쓸쓸하다는 건
자유롭다는 거예요

아까 외롭고 쓸쓸하다 했을 때
저는 다행이다 싶었어요
김군이 자유롭구나 그만큼

이촌동

한때 떨치려야 떨칠 수 없던
한 사람이 있었다

여전했던 나의 마음
어떻게 줄여나갈지
도저히 모르겠던 밤이 있었다

혼자 오래오래 앓다가
내 마음속에만 남아버렸다

그러다 가끔씩
그 사람의 동네를 걷곤 했다

수집한 언어들

내 시간의 궤적들을 살펴본다
널 향했던 단정한 마음은 잔향이 되어
오고 갈 데 없는 새벽 한가운데를 지나
달 아래 희붐한 빛으로 나에게 돌아온다

무제

아차
꿈이었다

간만이었는데

무제 2

평생에 한 번쯤은 보고프다는
생각을 하다가

이제는 평생에 한 번도
볼 수 없을지 모르겠다는
생각을 합니다

이렇게
올겨울이 가고
다음 겨울이 찾아올 겁니다

당신을 그리워해봅니다

먼지 쌓인 창문을 열어
아직은 제법 시린 겨울을 들이는 일로
당신을 그리워해봅니다

잠에 들기 한참 전부터
꿈에서 만날 당신을 상상하는 일로
당신을 그리워해봅니다

당신이 쓰던 향수를
머리맡에 뿌리는 일로
당신을 그리워해봅니다

이상하리만치
당신 얼굴이 생각나는 오늘
당신을 그리워해봅니다

한참을 그리워하다
당신 생각 한걸음 물러났을 무렵
한 번 더 당신을 그리워합니다

국도 같은 사랑

국도 같은 사랑
옆을 보면 볼 게 많은 사람
목적지 향해 달려가기만 하기보다
둘러갈 줄 아는 사랑

홍천 가는 길
그 사람이 내게 해준 말

탄산수

그 사람은 그와 연극을 보러 갔단다

다만 어찌 된 일인지
따로 자리를 잡았다고 한다

연극을 보는 도중
극장 밖으로 나왔단다

어찌 된 일인지 그도
그 사람을 따라 밖으로 나왔단다

그 사람은 탄산수를 꺼내어
그에게 건네주고
그가 뚜껑을 따는 순간
참아왔던 기포가 흘러넘쳤단다

두 사람은 웃음을 지었고
곧바로 축축한 밤거리로 나와
한참을 걸었단다

아, 이건 아는 사람 얘기

이준수

첫 만남은 늘 쑥스럽달까요

자연스레 있지 못하고

배실배실

시선은 흔들리고

손가락 마디마디가 꼬입니다

나무도 곧 붉어집니다

반갑습니다

감히 눈 마주치는 것도 어렵지만

첫인사는 그래도 제대로 드리고 싶었습니다

정말로 반갑습니다

후에 쑥스러웠을 때가 좋았다고

회상하길 바라면서

이만 줄이겠습니다

2022년 9월 파주에서

instagram   @yd._.2js

email   2bin2bin2bin@gmail.com

『담십육서사』

더 담으면 넘칠까 봐
최대한 덜어서

이마저도 무거워
초여름 샛잎 위에 올리듯이
선선하게

그러니 초록으로

고개를 숙여야 보이는
결핍된 이슬

고요한 아침에게

나무엔 등불이

산책로를 밝혀주는
작은 태양
그 빛으로 초록빛 작은 우주는 생동한다

날벌레들이 유성처럼 날아들고
고양이는 따스함에 취해
풀 이불에서 자기 전 세수를 한다

빛에 이끌리며 나아가고
잠시 생각에 잠기면

어느새 한 바퀴
아
나는 여러 태양을 구경하는 혜성이구나

나도 주변을 환하게 만들고 싶다
소박하지만 저마다의 우주를 밝게 빛내는
저 등불이 되어야지

우산

새 우산 사는 일은 어렵다
집에 고히 있는 우산들은 창밖을 보며 혀를 찬다
시원하게 썼고 싶은 그 마음을 잘 알기에
집 우산들의 눈초리가 느껴지기에
나는 새 우산을 사기 힘들다

있는 것들을 하기도 힘들어
쉽게 내리지 못하는 결정들

있는 걸 두고
어찌 새로움을 들일까

자의적 등교 거부

오늘부로 등교 거부를 선언한다
그냥 가기 싫은 것은 당연히 아니고
구체적인 주체적인 지극히 타당한
몇 가지 이유

왜 이 학과에 왔을까 싶은
도저히 머리로 들어오지 않는 전공과목들
그것이 첫 번째 이유요
물론 교수님 잘못도 없진 않겠다만은

허리를 굽혀야만 올라갈 수 있는
에베레스트와 아마 엇비슷한 등굣길의 경사
내 디스크 건강을 위한 두 번째 이유다
등산은 중장년층 건강에 좋지만
대학생 정신건강에는 역효과를 유발한다

유치하게도 더 이상 너와 함께
캠퍼스를 걸을 수 없다는 것도
치명적인 등교 거부의 이유
너가 없는 학교가 학교라 볼 수 있을까

너라는 이유를 마지막에
굳이 마지막에 말한 나는
찌질이 바보 자칭 순정파
너만 나타난다면 전공이고 경사고
무슨 상관

내일은 등교할 테니
옆자리에 앉아

젊은 상경

지하철에 올라
덜컹 한번 덜컹 두 번
터널을 지나고 만난
도성은 회색 마천루의 숲이었다

양복을 입은 모두가 바삐 지나다녀
거리는 언제나 북적북적
고개를 끝까지 들어야 끝이 보이는 마천루 아래에서
그것보다 높은 꿈을 꾸었다

작은 우물을 나온 개구리
구한말 서양에 간 통신사

나무만 한 집을 짓겠다고
아마존 병정개미가
개미핥기에게 다짐하듯

여지껏 수많은 그대들처럼
이 도시의 당당한 일원이 되리라

애석하게도

제출 시간을 넘겼다

이것은 어쩌면 신의 뜻
자연법의 실력 행사
우주적 질서의 발현

내가 늦은 것이 아니라
운명이 나를 거부하는 것
내가 가려는 길을 이토록 거부하는데
무엇을 어찌하리

아 무관심보단 관심이라 하였는가
모두에게 관심받는 나는 얼마나 행복한 사람인가
울지만 웃고 있다

현재 시각은 AM 12:03

바다에는

파도 소리가 나른하고 나긋하게
첨벙

노을 덕에 붉어진 바다 얼굴
고운 백사장 때문일 거야
어쩐지 토끼가 거기서 뛰어놀더라

파도는 계속 찔러보고
백사장은 받아주려나
아니려나

지금은 여름이라 파도가 따스하지만
겨울이 오면 다를 텐데
차가울 텐데

식기 전에
헷갈리지만 확실한 건
아직은 여름의 중간

자체

유난히 달이 예뻐
사진으로 담았고
유난히 별이 밝아
별자리를 찾아봤다

눈으로 담는 것만큼
달이 예쁘게 담기지 않았고
눈으로 별들을 이어보는 것만큼
별들은 밝지 않았다

예쁜 달만큼
밝은 별만큼

담겨서 빛나는 존재가 아닌
그대로가 가장 빛나는 나였으면

달을 보면서 그런 생각이 들었다

독서의 인간관계

누군가를 새로 만나면
새로운 책을 펼친 것만 같다
끝이 정해지지 않은 책
제목은 그의 이름

흥미로워 구미가 당기는 책도 있는 반면
어둡고 음침해 첫 문장부터 두려운 책도 있다

그러나 의미 없는 책이 어딨겠는가
젊은 우리에게 독서는
소중한 거름이 된다

사회성이라는 꽃을 키우는
경험이라는 나무를 낳는

읽기가 겁나는 책은
너무 깊게 읽으면 여운이 길게 남으니
가볍고 산뜻하게 즐기자

깊게 읽고 싶은 책은

진득하니 길고 소중하게 읽어볼까

언젠가 그 책들이 모여
도서관이 된다면
모두 고마운 책이었다고 말해줘야지

덕분에 꽃밭과 숲을 이뤘다고

사랑이 닿게

사뿐
나비 님이 내 위에 앉으면
나는 수줍게 마음의 가루를 드려요

전해주세요

나비 님은 가엽고 풋풋한지
한참을 즐기시다 옆 꽃으로 살짝
톡

닿았을까요

싱긋 웃으시고는 우아하게
다른 이들의 마음을 주고받으러
날개의 선율이 주는 아름다운 선물

귀여운 꿀벌 님도 좋아
누구든 부끄러운 내 사랑을 전해주세요
새로운 봄의 씨앗이 되도록

묘하게 조심스러운

조심스럽습니다
내가 조금 다가가면 달아날까
살금살금 눈높이를 맞춰 다가가도
도망가는 길고양이처럼
조금의 인기척만 들려도 날아가는 참새처럼

당신이 내 조금의 움직임에도 놀랄까
내가 겁이 나서
오늘도 여기까지만 하겠습니다

그래도 내 마음은
여전히 다가가고 있습니다

언젠간 닿기를 바라며

月下情人

문득 밖을 보자
달은 도망가고
멀리서 온 태양이
아침을 전하러
슬금슬금

아시려나 내 마음
문장 한 줄 적지 못해
밤이 다 가도록 고뇌하고 고민하던

이런 내가 부끄러워 어두운 밤에
연필을 쥐었건만

이불 속에 들어가 달이
태양을 무르기를 기다릴까

그렇게 고민하고 고뇌하다
어느새 다시 반가운 달
오늘 밤엔 반드시

힘겹게 운을 띄워 겨우 완성한 염문
화살에 날려 보내야지
어디로 쏴야 하나
달을 향해 쏘자

얼마 못 가 내 위로 떨어져
나만 다친다
아마 내 머리에 총구를 대고 쏜 것과 같으리

어디에 계시나요
계시기는 한가요

바랐던 달이건만
하늘엔 우울한 달만 가득
청춘의 밤
별 하나 없는 밤

나태 권태 게으름

한없이 아무것도 안 하는 자세로
이보다 풍요로울 수 없는 죄악의 수확을 거둔다
아무것도 안 하기에 아무 책임도 지지 않는
극단적 도피, 절륜한 쾌락

아무것도 하지 않으면
아무것도 거둘 수 없다는 공포는
당장의 환락에 가려지기에
다시 침대 위에 나락의 씨앗을 뿌린다
시공을 상실한 아늑하고도 불안한 요람 안에서
끝없는 밑으로
끝없이 밑으로

이 추태의 끝은 어디인가
독인 줄 알면서도 먹게 되는 무료함의 열매는
예수가 가히 독사과, 달콤한 죄악이라 부를 만했다

젊어서 고생은 사서 한다는데

반성하고 자책하며
이제는 제발 씻으러 갈 때

꿈일기가 필요한 경우

너무 기분 좋은 꿈이라
잊고 싶지 않다기보다는
꿈에서 겪은 것도 경험이라 생각하기에

비몽 눈도
사몽 채 뜨지
못한 상태로
생각나는 줄거리를
적어가는
대충
꿈일기

꿈에서 깨고 나서도
이런 꿈을 꾸었지
젊을 적의 내가 이랬구나 하고
미래의 나에게 보여주는
일종의 편지
꿈일기
분명 이 문장도 꿈에서 보았을 거야

도주와 질주

끝없이 쫓아오기에
달릴 수밖에 없다
누가 쫓아오는지 말해보자면
음

과거에 건드린 꿀벌이 아직도 뒤에서 윙윙
난 그냥 꿀을 먹어보고 싶었을 뿐인데
그게 그렇게 잘못인가
잘못이니 아직도 쫓아오나

또 사나운 들개들도 양옆에서 왈왈
단순히 거슬리기에 밥그릇을 발로 찼을 뿐인데
근데 이건 잘못이 맞지
그래서 별말 안 하려고

얘네 말고도 나를 괴롭히는 애들
뭐… 나무 타고 오는 오랑우탄
다그닥 다그닥 야생마
기타 등등
옛날에 아무 일 없이 지나쳤어야 했는데

왜 그랬지

어쨌든 날 따라다니는 놈들은 그렇다 치고
어쩔 수 없으니까
앞으로 더 이상은 안 생겼으면
조심히 조용히 지나가야지

아 나이 먹으면 감당이 되려나
더 많아져서 골치 아프려나

찌를 던지고

아버지 따라 겨우 온 낚시
천천히 미끼를 끼워
멀리 찌를 던진다

물결 따라 흔들리는 형광색
아버지는 아무 말 없이 자세를 고쳐 앉는다
그러고는 내 쪽으로 밀어주시는 난로
위에는 따뜻하게 먹을 커피가 있다

부자의 낚시
잔소리가 싫어 계속 미뤘지만
침묵만이 이어진다

입질이 왔다 갔다 반복하고
호수에는 보글보글 라면 끓는 소리만
다 익으니 나 먼저 한 젓가락
늦은 밤이 되도록 잡은 물고기는 없지만
아버지는 그것 때문에 온 것이 아니다

집으로 돌아오는 차 안

지금 보이는 아버지의 표정을 어떻게 잊을 수가 있을까
날은 어둡고 날씨는 추웠지만
다행히 물고기가 잡히지 않아 보람찬 하루

"순수문학이라는 무형의 그릇에 청춘을 담아내다"

언제나 처음은 울퉁불퉁한 자갈밭을 치우는 일이다. 그 과정은 이미 닦아 놓은 평탄한 길과는 다르게, 느린 속도로 때로는 험한 장애물로 발목이 접질리는 시간일 수도 있다. 하지만 이 모든 일을 감수하고 자갈을 치우며 길을 내는 사람이 있다. 그 이유는 하나이다. 내가 아닌 뒤에 걸어오는 다른 사람을 위해… 뒤에 오는 사람이 나보다 조금 더 빠르고 편안하게 길을 걸어갈 수 있기를 바라며 기존에 없던 새로운 길을 만드는 것이다. 세상이 변하고 사람들의 성향이 바뀌고, 한층 더 새롭고 자극적인 문화 콘텐츠를 소비하고, 또 그런 소비문화를 겨냥해 이곳저곳에서 다양한 창작 활동이 생겨나고 있다. 변화를 부정해서는 안 된다. 변화는 곧 다채로운 발전이다. 다만 같은 속도로 함께 존재해야 할 기존 문화의 손을 잡아주지 못하고 멀리 놓치고 온 것은 아닌지 우려가 된다. 이번 제1회 「상상이상(以上, 理想) 대학생 시/에세이 공모전」이 자갈을 치우며 뒤에서 힘겹게 쫓아오는 순수문학의 손을 잡아주는 역할을 해주리라 믿는다. 이 시대 청춘들의 가슴에 순수문학의 씨앗을 다시 한번 뿌리고, 그 순수문학이라는 무형의 그릇에 청춘의 열정과 고통, 사랑과 희망을 담아내는 기회에 심사 위원(시 부문)이라는 자리를 함께 할 수 있어 감사하다.

청춘의 뜨겁고 다양한 빛깔을 줄 세워 순위를 정하는 일이 정답이라 볼 수 없지만, 공모전의 결과를 기다리는 분들이 계시기에 역설적이게도 최대한 공정한 기준으로 작품을 선별하였다. 근본적으로 문학에 적합한 맞춤법과 시(詩)라는 문학적 장르의 원칙, 그리고 청춘의 독특하고 창의적인 상상력이 기준이 되었다. 간혹 맞춤법의 오류와 '시적 허용(詩的許容)'을 구별하지 못하는 경우가 있는데 맞춤법은 문자가 언어를 표기하는 규칙이고 약속이다. 글을 쓰는 사람은 올바른 규칙과 약속을 지키는 모범이 되어야 할 것이다. 반면 '시적 허용'은 시인이 운율을 살리기 위함이나 어떤 의미를 강조하기 위해 목적을 가지고 문법을 탈피하는 방법이다. 혹여 맞춤법에 어긋나게 쓰고 '시적 허용'이라고 우기면 곤란하다. 앞서 언급했듯 목적을 가지고 사용되기에 인과관계가 타당해야 할 것이다.

"오늘도 난/조용히 생각 한 스푼을 꺼내 먹습니다/노을 한 자락과/

그대의 순결이 오묘하게 겹치는"(김희원의 「생각과 그 기적의 사이」). "새벽을 노릇하게 구웠다/그러자 나른히 선잠을 자고 있던 기적들이/고소한 향기를 풍기며 눈앞에서 아른거린다"(김희원의 「새벽노을」). 김희원 시인의 두 작품을 짧게 엿보면 이른 아침 달걀부침 같은 신선한 상상력이 돋보였다. 거기에 더해 시의 다양한 표현 기법을 풍부하게 활용한 것에 높은 점수를 주었다. 짧은 구절 안에서도 시각, 미각, 후각을 포함한 공감각적 심상이 잘 녹아있고, 「새벽노을」이라는 제목에서 보이는 역설법이 무한한 상상을 하게 한다. 김인환 시인 역시 많은 작품 활동을 해 온 것이 보였다. 군더더기 없이 깔끔한 시구절이 이를 증명해줬다. 또한 부푼 희망과 설렘을 가지고 찾아온 낯선 도시의 삶… 그 외롭고 쓸쓸한 청춘의 삶을 불안정한 떨림으로 표현한 것이 인상적이었다. '이제 그녀의 손을 잡을 수 없기에, 그녀의 손이 담긴 김치통을 오른손에 꽉 쥐고 상경 길에 올랐다. 끓어 넘칠 듯 말 듯 한 해장국을 끓이는 어머니의 눈가에는 넘칠 듯 말 듯 한 눈물이 가득했다.'(김인환의 「2월 18일」). 유한나 시인의 작품은 청춘이 겪을 수 있고 상상할 수 있는 사랑이 솔직하고 담백하게 요리되어 있다. 마지막으로 김원우, 이준수 시인의 작품 역시 청춘이라는 존재만이 상상하고 고민하며 표현할 수 있는 시의 심상을 그려냈으며, 신선한 시의 제재를 가지고 독특한 시각으로 시적 대상을 접근하고 있는 것이 매우 참신하게 다가왔다. 이들은 이번 문학 공모전에서 수상이라는 빛나는 영광을 얻었다. 그리고 나는 심사 과정을 통해 그들로 인해 다시 푸른 청춘을 얻은 기분이다.

시인 류재우

심상 신인상 등단
대중음악평론
현대자동차신문 시, 수필 정기 기재
시집 『별에 손끝이 닿으면 가슴이 따뜻해』

"시가 견고한 불안의 세계를 딛고 일어서는 힘이 되기를"

   코로나19로 인해 오랜 시간 고립과 불안의 시간을 보내고 있는 대학생들은 시를 통해 어떤 절박함과 희망의 말을 쏟아낼까, 떨리고 기대의 마음으로 본심에 오른 작품들을 오랜 시간 면밀하게 읽었다.

   '꿈, 사랑, 청춘 그리고 삶'이라는 젊음의 본능적 갈망을 주제로 기존 시인들 못지않은 열정을 보여주어서 먼저 감사를 전한다.

   시를 쓰는 무수한 밤, 앓으며 잃으며 썼던 시들이 이들에게 어떤 의미일까 생각해 보았다. 안 그래도 불확실한 시간 속에서 어쩌다 시에 마음을 빼앗겼을까. 시를 홀대하지 않는 청춘들이 있어 다행이다. 시가 견고한 불안의 세계를 딛고 일어서는 힘이 되기를 기도한다.

   본심에 오른 작품들은 어쩌면 우리가 놓치고 있는지도 모를 사소한 일상의 가치들을 발견하여 시적 세계로 끄집어내려 애쓴 흔적이 역력하다. 그렇지만 대체로 깊은 상상력과 사유를 보여주는 긴 호흡의 시가 없다는 점, 그래서 사소한 현실과 현상에 대해 짧고 간결한 묘사가 대부분이라는 점, 그러나 시적 압축미도 부족하다는 점 등 아직은 덜 숙련된 모습에 머물러 있다.

　김희원 시인의 작품은 과도하게 감정에 몰입하지 않고 시상의 전개와 언어의 배열이 자연스럽다. 젊고 풋풋한 감수성으로 자기만의 문장을 구사하고 있다. 주제에 대한 집중도가 높고 낯선 세계를 쉬운 언어로 익숙하게 표현하여 대체로 안정적이다. 익숙한 어법에 머물러 있지 않고 현상에 대한 새로운 해석이나 깊은 인식을 기른다면 좀 더 좋은 작품이 될 수 있을 것이다.

　김인환 시인의 작품은 현실과 유리되지 않는, 개인을 둘러싼 삶의 다양한 시선을 개성있게 잘 보여주고 있다. 촘촘한 현실 인식과 주제에 대해 조금 더 치열하게 밀고 가는 힘을 기르기를 당부한다.

　유한나 시인의 작품은 일상적인 생각을 한번 뒤집어 생각할 수 있는 발상의 재미가 있다. 조금 더 본질에 가깝게 다가가는 날카로운 상상력으로 시적 긴장을 끌어낼 수 있기를 기대한다.

김원우 시인의 작품은 존재에 대한 슬픔과 그리움에 대해 담담하고 진정성 있게 그리고 있다. 산문적인 진술을 줄이고 조금 더 정제된 화법으로 읽는 이들의 감각을 기꺼이 자극할 수 있기를 바란다.

　이준수 시인의 작품은 삶의 고단함과 소용돌이를 섬세하게 통찰하고 있다. 자신만의 읊조림이 아니라 조금 더 정확한 언어로 표현한다면 시의 깊이와 무게를 더해줄 것이라 믿는다.

　다섯 명의 수상자에게 진심으로 축하를 전한다. 기성의 틀에 갇히지 말고 자신만의 고유한 언어와 선명한 목소리를 가질 수 있는 시인으로 성장하기를 기대한다. 그리고 모든 응모자에게도 감사와 응원의 말을 전한다. 더 많이 읽고 부단히 쓰기를 바란다. 발랄한 언어로 새롭고 깊이 있는 시적 세계를 구축하기를, 시의 힘을 믿으며 한 발 한 발 나아가기를 부탁드린다. 아직은 서툴더라도, 시를 쓰고 있는 한 우리 모두는 시인으로 호명될 수 있다.

시인 권덕행

시 전문지 『월간시』 등단
초등학교 한국어 강사
한국문학예술 신인상 동화 부문 당선
시집 『사라지는 윤곽들』 2022 한국문화예술위원회 문학나눔 시 부문 선정 도서

Essay 에세이

최정수

이제는 다음 장을 생각해야 할 때인데 여전히 같은 페이지를 읽는 기분. 심지어 이전 장을 다시 펼쳐 읽기도 한다. 무심코 지나치거나 놓친 부분이 없는지 살피는 것이다. 그렇게 매번 책 한 권을 다 읽지 못한다. 모든 이야기가 첫 장으로 돌아와 끝이 난다. 항상 그런 글을 쓰고 싶었다. 내가 나라는 돌부리에 걸려 넘어지는 글. 모든 처음을 돌이켜보는 글. 처음과 끝이 함께 있는 글.

『우리 각자의 영화관』

처음 극장에 들어선 순간을 기억한다. 극장 특유의 쿰쿰한 냄새와 우적거리는 팝콘 씹는 소리. 이미 착석한 사람들의 다리 사이를 조심스럽게 통과해 좌석에 앉으면 내 몸집의 수백 배에 달하는 스크린이 나를 압도했었던 어떤 날들이. 하지만 지금의 극장은 어떤가. 옆자리에 짐을 올려놔도 될 정도로 한산하고 부쩍 커버린 내 몸집도 더 이상 스크린을 경외로운 눈빛으로 바라봐야 할 정도로 왜소하지 않다. 그럼에도 텅 빈 극장에서 여전히 영화는 분주하게 상영되고 있다. 어김없이 불이 꺼지고 영사기가 돌아가고 스크린을 향해 환한 빛이 쏟아진다. 새로운 이야기가 늘 그래왔듯 우리를 기다리고 있다는 말이다.

우리 각자의 영화관

 나는 언제부터 영화를 좋아했었나. 중학교 시절에 배가 아픈 척 엎드려 조그마한 공기계로 몰래 영화를 보던 순간부터였을까. 아니면 그보다 오래전 엄마의 손을 잡고 처음으로 대한극장에 간 순간이 시작일 수도 있겠다. 무척 어렸을 적이라 당시에 무슨 영화를 보았는지는 정확히 기억나지 않는다. 하지만 반대로 이상하리만큼 생생하게 기억나는 것들도 있다. 이를테면 눈앞이 서서히 캄캄해지더니 스크린을 향해 쏟아지던 영사기의 빛이라든가 누군가 팝콘을 우적우적 씹어대던 소리 같은 것들 말이다. 중학교에 진학해 내 방을 갖게 되면서부터는 새벽에 몰래 컴퓨터를 켜서 영화를 보고는 했다. 친구가 준 무료 쿠폰을 등록해 최신 영화부터 고전 영화들까지 마구잡이로 다운을 받고는 누가 출연하는지도 모르는 낯선 제목의 영화들을 밤새도록 흠모했었다. 그렇게 영화를 다 보고 느지막하게 잠이 들면 방금 본 영화의 주인공들이 꿈속에 나타나서 좋았다.

영화는 나와 타인을 관계 맺어주는 하나의 매개체이자 통로였다. 물론 중학교 교실에서 왕가위나 마틴 스콜세지의 영화를 이야기해도 아는 친구들은 없었다. 하지만 반대로 친구들이 본 영화를 내가 보지 않은 경우는 드물었다. 그래서 친구들이 최근에 본 영화에 대해서 떠들고 있으면 나는 그 영화의 감독이 누구고, 전작은 무엇이며, 차기작으로 어떤 영화를 준비하고 있는지를 설명해 주고는 했다. 내가 신이 나서 영화 이야기를 시작하면 선생님들이 종종 네가 그 영화를 어떻게 아느냐고 물어오며 신기하게 쳐다보기도 했다. 그리고 나는 그 눈빛을 좋아했다. '영화를 잘 알면 나를 이렇게 바라봐주는구나!' 선생님의 반응에 의외라는 듯 나를 동경하는 눈빛으로 바라보는 친구들의 시선도 뿌듯했다. 그렇게 내가 늦은 밤까지 영화를 보는 시간은 점점 더 길어졌지만 반대로 친구들과 어울리는 시간은 자연스레 줄어들었다. 다른 친구들이 학원을 마치고 게임방에 가거나 공놀이를 하러 다니는 동안에도 나는 늘 모니터 속의 영화와 마주하고 있었다. 학년이 바뀌어 장래희망 칸을 갱신하는 시간이 오면 연필의 뒤꽁무니를 씹어대며 고민하는 친구들과 달리 나는 망설임 없이 영화감독을 적기도 했다. 장래희망이 자주 바뀌면 입시에 긍정적인 평가를 받기 어렵다는 선생님들의 말 때문은 아니었다. 당시의 나는 내가 할 수 있는 것이 어쩌면 영화뿐이라고 생각했던 것인지도 모르겠다. 그리고 스무 살이 되던 해에 나는 정말로 어릴 적 영화를 보러 가던 대한극장이 보이는 한 대학교의 영화과에 입학하게 된다.

하지만 영화를 보는 것이 아닌 만드는 것을 가르치는 대학교의 강의들은 여태까지 영화를 보는 것만을 즐겨 오던 내게 처음 극장에 들어섰을 때처럼 낯설고 신비한 경험을 선사했다. 이해하기 쉽게 말하자면 영화를 보는 것과 영화를 만드는 일의 차이는 맥주를 마시는 것과 그 맥주를 만드는 일만큼이나 큰 차이가 있었다. 물론 영화를 만드는 일이 영화를 보는 일과 비교했을 때 더 따분하다거나 매력 없는 일로 치부된 것은 아니었다. 첫 영화를 찍는 동안 일주일 내내 머리를 싸매며 콘티뉴이티를 짜던 시간이나 예상치 못한 딜레이에 밤을 지새운 날들은 분명 힘들고 고되었지만 많은 것을 배울 수 있는 시간이었다. 더구나 동기들과 날이 밝도록 서로가 좋아하는 영화에 관해 이야기한 밤들은 결코 잊을 수 없을 것이다. 어릴 적 눈 앞에 펼쳐지는 스크린 속의 영화가 나를 낯선 세계와 이름 모를 배우들에게로 초대했다면, 대학에 입학해 영화를 직접 만들어 나가는 과정은 다시 한번 나를 인생에서 가장 소중한 인연이 될 사람들 곁으로 인도했다.

하지만 그렇게 힘들게 찍은 영화가 출품하는 영화제에서 번번이 떨어지고 어디에서도 상영되지 않자 마음속에서 묘한 배신감이 일었다. 잘 알고 있던 영화라는 친구가 얼굴 한 번 본 적 없는 타인처럼 느껴지는 순간이었다. 어느새 내 영화는 찍은 당사자들만이 아는 영화가 되어있었다. 공모전에 도전했다가 떨어진 사례가 영화 말고도 처음은 아니었지만 그렇다고 상실감이 줄어들지는 않았다. 실패를 마주한 건 주변 동기들도 마찬가지였다. 우리는 서로가 서로에게 어깨를 토닥이며 위로해주는 처지에 놓였고 나는 도망치듯이 학교를 휴학하고 군대에 입대했다.

나는 남들과는 다르다고 생각했던 것일까. 나에 대한 실망이 가장 컸겠지만 묘한 열패감에 휩싸였던 것 역시 부정할 수 없었다. 무엇보다 내가 찍은 영화를 함께 만든 동기들에게조차 보여주기가 부끄러웠다. 만든 이조차도 사랑하지 않는 영화를 봐줄 이는 전 세계 어디에도 없었다. 하지만 그런 초라한 영화라고 해서 상영할 기회가 전혀 없는 것은 아니었다. 학과 내부에서는 어느 영화제에서도 초청받지 못한 실패한 영화들을 위해 방학마다 작은 영화제라는 이름의 상영회를 개최했고 내 영화도 그중에 있었으니까. (실제로 그런 목적은 아니었다) 내 영화의 상영시간은 아침 시간대였는데 관객은 나와 내 영화의 프로듀서를 맡아준 동기 J뿐이었다. 그렇게 둘이서 영화를 보는데 이상하게 눈물이 날 것 같았다. 영화가 끝나자 우리는 불이라도 난 듯 서둘러 상영관을 빠져나왔다. 그리고는 방금 본 우리의 영화와는 전혀 상관없는 이야기를 나누며 걷기 시작했다. 집으로 향하는 길이었는데 지하철역 앞에서 J가 뭔가 우울하다며 자기는 조금 더 걷겠다고 말했다. 나는 알겠다고 말하고는 그대로 지하철을 타버렸다. 왜 우울하냐고 우울해하지 말라고 이른 시간부터 와줘서 고맙고 아무도 보지 않는 영화를 찍어서 미안하다고 말했어야 했는데 말하지 못했다. 아니면 그냥 옆에서 조금만 더 같이 걸어줄 걸 뒤늦게 생각한다.

J와는 동기 중에서도 사이가 각별했다. 우리는 서로에게 서로가 대학에 입학해 처음으로 사귄 친구였다. 부산에서 올라온 J의 자취방을 아지트 삼아 날이 밝도록 맥주를 마시며 영화를 봤고 국내 유명 영화제를 돌아다니며 수업은 빼먹더라도 영화는 놓치지 말자고 다짐하기도 했다. 우리는 서로가 생각하는 영화란 무엇인지부터 시작해서 어떤 영화가 옳거나 옳지 않은지에 대해서 밤새도록 이야기할 수 있었다. 하지만 상대방이 얼마나 영화를 아끼고 사랑하는지 안다는 것은 우리가 경험한 실패 앞에서는 전혀 도움이 되지 않았다. 상실감은 오히려 배가 되었다. 그리고 어느 새부터인가 우리는 알게 모르게 비슷한 감정을 공유하고 있는 것 같았다. 어떤 이야기를 찍든 결국 사람들에게 보이지 않는다면 아무 이야기도 하지 않은 것과 다름없다는 체념이었다. 우리의 영화는 우리의 기억 속에서 조용히 사라져갔다.

다시 돌아온 학교에서도 내 첫 영화를 이야기하는 사람은 많지 않았다. 모두가 똑같이 실패해서였을까. 분명히 있던 공연한 일인데도 마치 없던 일로 생각하자는 듯했다. 건드리면 아프니까. 너무 아프니까 이제는 서로의 기억 속에 조용히 봉인한 것 같았다. 그러나 때로는 그런 침묵이 나를 더 아프게 했다. 오히려 나부터 내 실패를 아무렇지 않게 받아들일 수 있었다면 내 주변의 사람들도 당시의 일을 침묵하거나 불편해하지 않을 수 있었을 텐데. 배신당했다고 생각하는 영화로부터 내가 먼저 쿨하게 화해를 건넬 수 있었다면 여전히 아무렇지 않게 영화를 즐길 수 있었을 텐데 막상 그러지 못하는 스스로가 답답했다.

그렇게 나는 다시 한번 도망쳤다. 학교로 돌아와 내가 수강한 전공 수업이라고는 다큐멘터리 제작 수업 하나가 유일했다. 영화와 관련한 전공을 듣고 싶지 않은 마음이 굴뚝 같았지만 졸업을 위해서는 필수 전공수업을 반드시 수강해야 했다. 하지만 이제야 고백하건대 2년 만에 마주한 영화 제작 수업에 나도 모르게 기분이 들뜬 것도 사실이었다. 그때의 나는 무엇을 기대했던 것일까.

첫 수업 날 강의실에 앉아 주위를 살펴보았다. 일면식도 없는 학우들이 태반이었다. 아니, 생각해보면 마스크가 얼굴을 절반이나 가리고 있으니 아는 이가 있다고 하더라도 알아보기는 어려웠을 것이었다. 강의실 안에서 내가 그나마 안다고 자부할 수 있는 사람은 진작에 다른 수업에서 뵌 적이 있는 교수님과 나와 비슷한 사정으로 옆자리에 앉아있는 동기 J뿐이었다. 금세 끝날 줄 알았던 첫 수업은 정규 시간을 꽉 채운 뒤에야 끝이 났다. 주로 성적 평가와 주차 별 세부 계획에 대해서 설명하느라 길어진 수업 시간 동안 나는 내가 어떤 다큐멘터리를 찍게 될지 생각했다. 나조차도 내가 무슨 이야기를 찍게 될

지 알 수 없었다. 더는 영화를 보지도 않고 매번 도망치기만 하는 내가 무슨 이야기를 찍을 수 있을까.

매주 수업마다 교수님은 다른 학생들이 찍은 다큐멘터리를 보여주셨다. 이미 수업을 거쳐 간 동기들의 작품들도 눈에 띄었고 이미 졸업한 지 꽤 된 것 같은 선배들의 작품도 여럿 있었다. 교수님이 보여주시는 작품들에는 공적인 문제를 다룬 다큐멘터리부터 사적인 다큐멘터리까지 여러 주제가 등장했고 어느 하루는 이틀 만에 찍은 다큐멘터리라고 보여주시며 작품을 완성하지 못할까 걱정하는 학우들을 격려해주시기도 했다. 첫 수업이 끝나고 J와 나는 한 학기 동안 찍을 다큐멘터리 주제에 관한 이야기를 나누고자 함께 캠퍼스를 걸었다. 대면과 비대면 수업이 병행하는 탓인지 캠퍼스에는 좀처럼 학생들이 보이지 않았고 대신 빈 벤치를 차지한 고양이들이 늘어지게 하품을 하고 있었다. J가 먼저 말을 꺼냈다.

"나는 더는 하고 싶은 이야기가 없어."

다큐멘터리 수업은 학기 시작 전에 시나리오를 제출해야 하는 극영화 수업의 방식과는 다르게 따로 기획서를 제출해야 한다는 조건이 없었다. 그래도 이왕이면 학기 시작 전에 대화를 통해 J와 서로 찍어보고 싶은 주제를 이야기해봤다면 좋았을 것이었다. 하지만 우리는 약속이라도 한 듯 서로에게 연락하지 않은 채 그 시간을 떠나보냈다. 그래서일까. J의 하고 싶은 이야기가 없다는 말은 내게 이미 예견된

일처럼 그다지 놀랍지 않았다. 심지어 그것조차 내가 이번 한 학기 동안 찍어야 할 다큐멘터리의 일부분처럼 느껴질 정도였다. 그런데도 불구하고 당시의 나는 J의 그 말이 어딘지 모르게 섭섭하게 느껴졌다. J의 하고 싶은 이야기가 없다는 말이 마치 나와 더는 할 말이 없다는 것처럼 들린 것이었다. 그러자 마음에도 없는 말이 튀어나왔다.

"굳이 나 때문에 이 수업을 선택한 거라면 정정 기간에 다른 수업으로 바꾸어도 상관없어."

평소 같았더라면 "그래도 조금 더 주제에 대해 같이 이야기해보는 게 어때."라고 말했을 것이었다. 하지만 그보다도 나는 J가 나의 말에도 떠나지 않을 것이라고 확신했던 것인지도 몰랐다. 다른 이들과는 다르게 내 삐뚤어진 말의 저의를 헤아리고 "그래도 다시 한번 같이 고민해보자."라고 말해주기를 바랐다. 하지만 J는 정말 다음 주부터 수업에 나타나지 않았다. 어째서 J가 떠나지 않을 것이라고 확신했을까. 아무도 오지 않은 상영회에서도 내 영화를 끝까지 지켜봐 준 J였기에 더 그랬을지 몰랐다.

"언제든지 내 도움이 필요하면 연락해. 하나보다는 그래도 둘이 낫잖아."

"응, 고마워."

의연해 보이는 대답과는 다르게 나는 J가 없는 앞으로의 한 학기가 잠시 두려워졌다. 아는 이 없는 강의실에서 홀로 기획서를 작성해 발

표하고 찍어온 영상들을 심사받는 어떤 장면들이 머릿속을 빠르게 스쳐 지나갔다. J의 말대로 확실히 혼자보다는 둘이 나을 것이었다. 만약 둘이라면 중요한 순간에 급하게 화장실을 가고 싶다거나 카메라를 오래 들고 있어서 팔이 저리거나 할 때 다른 한 명이 또 다른 한 명을 대신해 줄 수 있었을 테니까. 하지만 내게 J의 존재는 단순히 '대신해 줄 수 있다'라는 편리함의 목적 때문만은 결코 아니었다. 비록 도망쳐온 수업이었지만 J와 이야기해온 자취방에서의 여느 밤들처럼 나는 영화를 대체 어떻게 찍고 또 무엇을 찍어야만 하는지에 대해 함께 고민하고 싶었으니까. 그 '어떻게'와 '무엇'의 공백을 다시 한 번 채워나가고 싶었다. 하지만 마음과는 다르게 나는 끝까지 J를 붙잡지 않았고 그렇게 내 캠코더의 메모리 디스크에는 아무것도 담기지 않은 채 9주라는 시간이 흘러갔다.

처음에는 시간이 해결해줄 것이라는 막연한 기대가 있었다. 하지만 다큐멘터리는 일반적인 과제물과는 달랐다. 나의 시간만이 아닌 찍을 대상의 시간도 고려해야 했으며 촬영을 했다고 해서 끝이 아니라 편집의 시간을 반드시 거쳐야 했다. 그런 내게 남은 5주의 시간은 턱없이도 부족하게만 느껴졌다. 교수님께서 하신 말씀이 스쳐 지나간 것은 10주 차로 넘어가는 어느 주말이었다. 첫 수업 날 교수님께서는 집에 홈비디오가 있는 학우가 있는지 질문하셨다. 옆자리에 앉아 있던 J가 손을 들었다. 주위를 둘러보니 J를 제외하고도 두 명의 학우가 더 손을 들고 있었다.

"여러분은 행운아들이네요. 홈비디오만으로 다큐멘터리를 찍는 감독들도 있어요. 그 자료가 엄청난 보물인 셈이죠."

J가 집에 방치된 비디오테이프를 업체에 맡겨 디지털로 복원했다는 이야기는 전에도 들은 적이 있었다. 추석에 거실에 모인 사촌들과 함께 복원한 옛 영상들을 보며 웃고 떠들었다는 정겨운 이야기. 집에 돌아오자마자 나는 엄마에게 물었다.

"엄마, 우리 집에 옛날에 찍은 영상 없어?"

엄마가 옷을 갈아입으며 방에서 나왔다. 회사에서 막 퇴근한 모양이었다.

"옛날에 찍은 영상?"

"응. 캠코더나 필름 같은 거 없나?"

"글쎄 한번 찾아봐야 할 것 같은데."

막연하지만 어쩌면 과거의 영상 안에 내가 하고 싶은 이야기나 이번 학기에 찍어야 하는 다큐멘터리의 해답 같은 게 있을 것만 같았다. 한 달에 두 번씩은 항상 아들 손을 붙잡고 극장에 데려가던 엄마는 영화와 사진을 좋아했었다. 어렸을 적에는 TV에서 방영하는 명화 극장을 꼭 챙겨봤고 회사에 입사해서는 사진 동호회에 가입해 전국 방방곡곡을 누볐다고도 했다. 그때 찍은 사진들은 아직 엄마의 방 한편에 간직되어 있었다. 그러자 내가 영화를 좋아하게 된 계기에 엄마의 역할이 굉장히 중요했을 것이라는 확신이 들었다. 어쩌면 그것이 이번 다큐멘터리의 주제가 될 수 있겠다는 생각에 나는 더 고민하지 않고 엄마에게 물었다.

"엄마, 이번 주 주말에 뭐해?"

"무슨 일 없는데 왜?"

"나랑 어디 좀 같이 가줄 수 있어?"

정말 순간이었다. 머릿속에 대한극장이 떠오른 것은. 생각해보니 대학에 입학한 후로 엄마와 극장에 간 기억이 없었다. 언제부터인가 혼자 영화를 보러 갔고 요새는 그마저도 뜸해지고 있었으니까. 오를 대로 오른 티켓값에 엄마도 자연스레 극장으로부터 멀어졌다고 말했다. 엄마와 손을 잡고 다시 극장에 가서 영화를 보고 과거의 기억에 대해 파헤치다 보면 무언가 나오지 않을까. 이를테면 내가 영화를 좋아하게 된 결정적인 계기나 순간들을 말이다. 그렇게라도 그것들을 다시 마주해보고 싶었다.

"사람이 많이 안 오나 봐."

대한극장의 문을 열고 들어서며 엄마는 그렇게 말했다. 그도 그럴 것이 대형 멀티플렉스와 OTT로 인해 독립극장들은 설 자리를 잃었고 그나마 이어지던 관객들의 발길마저 코로나로 인해 점차 줄어드는 추세였다. 문득 작년에 종로의 서울극장이 문을 닫은 것을 엄마가 알고 있을까 궁금해졌다. 코로나와 OTT로 인해 독립극장들이 위기에 처해 있으며, 때문에 우리가 더 적극적으로 관심을 갖고 이용할 필요가 있다고 엄마에게 말하지는 못했다. 작년부터 극장에 가는 일이 1년에 손을 꼽을 정도로 줄어든 내가 그런 말을 할 자격은 없었다. 안타까운 표정을 짓던 엄마가 곧이어 내게 옥상에 대해 물었다.

"옥상은 그대로 있니?"

"무슨 옥상?"

"기억 안 나? 너 어릴 적에 자주 데려갔었는데."

금시초문이었다. 대한극장에 옥상이 있었나. 아니, 물론 있을 것이다. 하지만 이곳에서 수없이 많은 영화를 봐오면서 단 한 번도 옥상의 존재에 대해서 떠올리거나 궁금해한 적은 없었다. 엘리베이터의 표지판을 보니 옥상 정원이라는 명칭이 보였다. 어쩌면 옥상에 대한 기억이 영화를 꿈꾸게 된 계기와 밀접한 연관이 있을지도 몰랐다. 나는 엄마에게 먼저 영화가 끝나면 옥상에 올라가 보자고 제안했다.

우리가 볼 영화의 상영관은 전체 81석 정도의 그렇게 크지 않은 규모였다. 미리 화장실을 들른 뒤 엄마와 손을 잡고 극장에 들어서는데 이상한 기분이 들었다. 엄마와 단둘이 극장에 온 게 오랜만의 일이어서일까. 자연스레 어릴 적의 추억이 떠올랐다. 이미 착석한 사람들의 다리 사이를 조심스럽게 통과해 예매한 좌석에 앉으면 내 몸집의 수백 배에 달하는 스크린이 나를 압도했었던 어떤 날들이 있었다. 하지만 지금의 대한극장은 옆자리에 짐을 올려놔도 될 정도로 한산했고 부쩍 커버린 내 몸집도 더 이상 스크린을 경이로운 눈빛으로 바라봐야 할 정도로 왜소하지 않았다. 그렇게 엄마와 나는 생경하게 변해버린 극장 한구석에 앉아 그저 영화가 상영되기를 하염없이 기다리고 있었다. 얼마 지나지 않아 처음 극장에 온 날처럼 불이 꺼졌고 눈앞이 서서히 캄캄해지더니 곧이어 스크린을 향해 환한 빛이 쏟아졌다. 코로나로 인해 우적거리는 팝콘 소리는 나지 않았다. 영화는 광고 없이 정시에 시작될 것이었다.

함께 본 영화는 여주인공이 공원에서 꽃을 모으는 장면으로 끝이 났다. 엄마와 나는 영화에 대한 서로의 감상을 늘어놓으며 옥상으로 향했다. 그러고 보니 어렸을 적부터 엄마와 영화를 보고 나와 서로의 감상을 이야기하는 것을 좋아했었다. 엄마와 나는 때로는 서로 같은 영화를 본 것이 맞나 싶을 정도로 다른 의견을 내놓기도 했으나 그보다 자주 같은 장면에서 웃음을 터트렸고 분노했고 또 서로의 마음을 활짝 열어 보인 채 눈물을 흘렸다. 엄마와 같은 감정을 공유하며 이야기하지 못한 지 오래되었다고 생각하니 왠지 모르게 마음이 무거워지는 것 같았다.

엘리베이터를 타고 올라간 옥상은 표지판에 명시된 그대로 이제는 정원이 되어있었다. 엄마는 과거의 옥상은 이렇지 않았다고 말하면서도 달라진 옥상의 모습에 마음을 빼앗긴 듯했다. 막상 올라와 보니 나도 어렴풋하게 과거의 기억이 떠올랐다. 영화를 보고 난 후 남은 팝콘을 마저 입에 넣으며 서로의 감상을 이야기한 시간이 이 공간에서 이루어지고는 했다는 것을. 내 기억에도 과거의 옥상은 지금처럼 꽃과 잔디가 피어있는 푸른 초봄의 모습은 아니었다. 지금의 옥상은 마치 방금 본 영화 속 공원이 스크린을 찢고 눈앞에 나타난 것만 같았다. 잔디 위에 앉은 까치 한 마리가 휴식을 취하는 모습이 보였다. 캠코더를 꺼내어 잔디 위를 종종걸음으로 걷는 까치를 찍었다. 예정된 인터뷰가 잠시 미뤄지자 엄마는 정원의 꽃을 하나 꺾어 들고는 짧게 감탄사를 내뱉었다.

"쉽지 않았을 텐데."

나는 엄마의 목소리에 반응해 들고 있던 캠코더를 엄마에게로 향했다.

"응?"

"이렇게 잔디를 심으려면 옥상도 잔디가 누르는 힘을 버틸 만큼의 힘이 필요하다고 어디서 들었어."

잔디가 누르는 힘이라니 생각해본 적 없었다. 무언가를 심어서 그것이 자라려면 양분이 필요하다는 건 지극히 상식적인 이야기였다. 하지만 그 무엇이 자라서 피어난 만큼의 무게를 지탱하기 위해서 땅에도 더 많은 힘이 요구된다는 말. 어쩌면 우리의 꿈도 그런 것이 필요할지 몰랐다. 무언가를 꿈꾸기 위해서 꿈을 감당하고 버틸 수 있을 만큼의 또 다른 무언가가. 그걸 부르는 이름이 뭘까. 타인의 인정, 성과, 자극 같은 단어들이 머릿속을 어지럽게 배회했다. 내 마음을 읽었는지 엄마가 나지막하게 대답했다.

"글쎄, 무슨 조경 용어가 있다고 했는데…"

엄마는 식물에 대해서 잘 알고 있었다. 작년부터 본격적으로 플로리스트 자격증 공부를 시작한 터였다. 엄마가 가족들에게 공식적으로 은퇴 이후의 삶에 관해서 이야기했을 때 나는 잠시 놀란 기분이 되어 응원을 건넸었다. 오래전부터 퇴직 이후에도 집에만 있기 싫다고 이야기했으니 갑작스러운 전개는 아니었다. 그럼에도 나는 그 말을 들은 이후부터 새해가 밝을 때마다 알 수 없는 조급함을 느끼고는 했다. 엄마의 퇴직과 새로운 꿈이 마치 내게 더 빠른 졸업과 취직, 안정과 성공을 요구하는 것처럼 들렸던 것이다. 엄마의 꿈을 응원해주지는 못할망정 불안과 초조를 느끼는 아들이라니. 대학에 합격했을 때 누구보다 기뻐해 주며 나를 꼭 안아주던 엄마가 생각났다. 이후로 나는 공부를 핑계로 영화를 볼 때마다 알 수 없는 불안을 느꼈다. 그리고 그런 감정에 휩싸이는 나를 자책했다. 영화관으로 향하던 발길을 점차 끊은 것도 그때부터였다. 야심 차게 찍은 영화마저 보기 좋게 실패하자 나는 다시 펜을 잡았고 구부러진 등과 어깨를 펴 스크린 대신 칠판을 바라봤다. 내가 찍는 다큐멘터리조차도 이제는 그저 시험 성적을 잘 받기 위해 완수해야 하는 일종의 과제물에 불과할지 몰랐다. J를 붙잡지 않은 것도 다큐멘터리에 대한 진지한 마음이 없었기 때문은 아니었을까. 이제는 모든 게 다 핑계처럼 느껴졌다.

"엄마는 꿈이 플로리스트였어?"

"아니, 엄마는 원래 옷을 만들고 싶었는데 잘 안됐지. 그리고 지금 직업을 갖게 된 거야."

엄마와 인터뷰를 진행하면서 나는 내가 엄마에 대해서 모르는 게 정말 많다는 것을 깨달았다. 엄마는 명화 극장을 챙겨보고 사진을 좋아했지만 내 생각과 다르게 영화에 그다지 흥미가 없는 듯했다.

"그럼 나는 왜 그렇게 영화관에 데려갔어?"

"그야 네가 너무 좋아하니까."

그랬다. 엄마는 오래전부터 내 꿈을 응원해주고 있었다.

"그런데 어떡하지 엄마, 나 이제 영화를 좋아하지 않는 것 같아…"

라고 차마 말하지는 못했다. 엄마가 두 번째 꿈을 꾸기 시작한 것처럼 나도 새로운 꿈을 가질 수 있을까.

며칠 뒤 엄마는 장롱에서 오래된 비디오 캠코더 가방을 꺼내어 내게 건넸다. 자신도 안의 내용물이 궁금하다는 말과 함께, 과연 내가 원하는 게 있을지 모르겠다는 이야기도 덧붙였다. 나는 테이프 컨버터를 구매해 캠코더를 노트북에 연결했다. 과거를 다시 꺼내어보는 일은 꽤나 수고로운 작업이었다. 배터리가 방전된 탓에 수시로 꺼지기 일쑤였고 전원을 연결한 뒤에도 일본 제품인 탓에 캠코더의 버튼을 일일이 번역한 뒤에서야 겨우 영상을 재생할 수 있었다. 처음에는 파란 화면만 뜨던 비디오를 연신 뒤로 감자 어느 순간부터 익숙한 집의 풍경이 모습을 드러냈다. 주로 나와 동생의 모습이 담긴 영상들이었다. 영상 속 어린 모습의 나는 하지 말라는 짓만 골라서 하고 나를 찍는 아빠의 캠코더를 달라고 떼쓰는 여느 아이와 다름없는 장난꾸러기의 모습이었다. 그중 가장 인상 깊은 장면은 나의 생일파티를 찍은 영상이었다. 생일파티의 현장에는 아직도 옆 동에 사는 친구의 모습도 보였고 이름만 희미하게 기억나는 친구도 있었다. 우리는 케이크의 초를 다 같이 불고선 엄마가 나눠준 케이크를 맛있게 먹는 중이었다. 그때 한 아이가 내게 물었다.

"넌 커서 뭐가 되고 싶어?"

"음…"

한참을 고민하던 나는 대답했다.

"나는 사냥꾼!"

나도 몰랐던 내 어릴 적의 꿈은 사냥꾼인 모양이었다. 그러니까 영화를 찍는 일은 애초부터 나의 두 번째 꿈인 셈이었다. 아니, 나는 그전에도 수없이 많은 다양한 꿈을 꿨을지 모른다. 왜 그렇게 나는 영화에, 아니 첫 번째 꿈이라는 목표에 집착했던 것일까. 어째서 다른 꿈은 모두 실패라고 단정 지었던 것일까. 만약 그렇다면 나는 엄마가 살아가는 현재의 삶에 대해서도 실패라고 말해야만 했다. 하지만 그것은 단언컨대 아니었다. 나는 어느 누구의 삶에 대해서도 그렇게 말할 자격이 없었다. 아니, 나뿐만 아닌 다른 누구라도 타인의 삶과 꿈에 대해서 실패라고 말할 수는 없었다. 과거의 내가 바보같이 느껴졌다. 내가 바보라는 것을 인정하니 다큐멘터리의 주제가 확실해졌다. 문득 동기들이 보고 싶었고 그들의 이야기가 궁금해졌다. 너희들의 꿈은 무엇이니. J에게도 묻고 싶었고 멀어져 버린 다른 동기들에게도 묻고 싶었다. 내가 당장 붙잡아야 하는 건 영화가 아니라 곁에 있는 소중한 동기들과 이제는 정확히 알 수 없는 나의 n번째 꿈이었다.

두 달 만에 연락하자 J는 대뜸 본가에서 가져온 차에 나를 태워 반포 한강공원으로 향했다. 인터뷰를 가장한 대화도 자연스레 차 안에서 진행됐다. J는 항상 누군가를 찍기만 했지, 자신을 향한 적 없는 카메라에 어색해했다. 꼬리에 꼬리를 무는 나의 질문들에 대답의 갈피를 잡지 못했고 어느 순간부터는 아예 길을 잘못 들어 헤매고 있었다. 말 그대로 우리는 정말 길을 헤맸다. 동대입구역에서 삼십 분이면 가는 한강공원을 도로 위에서 한 시간 동안 돌고 돌았다. 여기가 어디냐고 물으니 고속도로에 들어온 것 같다는 대답이 돌아왔다.

"나는 끼어드는 게 힘들더라고. 잘 안된다."

"안 끼어들면 앞으로 어떻게 가."

"돌아가야지."

초저녁이 되어서야 한강공원에 도착한 우리는 비교적 사람들이 적은 목제 단상 위에 걸터앉았다. 하지만 아무래도 J는 차에서 내렸어도 나의 질문이 어렵게만 느껴지는 듯했다. 꿈이 무엇이냐는 물음에 나 역시도 여전히 영화 말고는 다른 대답이 떠오르지 않았다. 만약 대학에서도 장래희망을 적어내야 했다면 어김없이 영화감독을 썼을 우리였다. 그렇게 한 시간 가까이 인터뷰를 진행하는 동안 끝내 내가 원하는 대답을 J로부터 얻지는 못했다. 심지어 어떻게든 인터뷰를 이어가기 위해 다큐멘터리의 주제에 대해 언급할 때마다 대화의 방향이 우리가 찍은 첫 영화에 관한 이야기로 귀결되고 있었다. 그것은 암묵적으로 금지된 실패에 관한 이야기였다. 하지만 예상과는 달리 나는 더 이상 내 첫 영화의 실패가 예전만큼 마음 아프지 않았고 두렵지 않았다. 혹시 나는 스스로의 대답을 구하기 위해 다른 이에게 질문했던 것이 아니었을까. 이제 인터뷰는 충분하다는 생각이 들었다.

더구나 질문하는 내내 J의 시선이 반포대교 너머 하늘을 향해있는 탓에 인터뷰를 계속 진행하기도 어려웠다. 그날의 하늘은 뭐랄까. 스크린을 향해 쏟아지는 영사기의 빛이 하늘에 걸려있는 것처럼 눈부시게 아름다웠다. 무얼 봐도 영화와 관련된 진부한 수사밖에 떠오르지 않는 내가 웃겼다. 풀밭에 돗자리를 깔고 앉아있던 몇몇 사람들도 엉덩이를 털고 일어나는 듯했다. 나도 J에게 말했다. 촬영은 이제 끝났으니 하늘이나 보러 가자고.

그렇게 우리는 삼각대와 캠코더를 챙겨 한강 변으로 터덜터덜 걸어 갔다. 때마침 반포대교 상단에서 분수가 뿜어져 나왔다. 한강이 바로 아래로 보이는 곳까지 내려간 우리는 아무 말도 하지 않고 하염없이 하늘을 올려다봤다. 그 순간 J는 무슨 생각을 하고 있었을까. 적어도 나는 이제 J와 함께 한 실패에 대해서 두려움 없이 이야기할 수 있을 것 같았다. 부디 J도 그렇게 생각하기를 바랐다. 그렇게 한동안 멍하니 생각에 잠겨있는데 누군가 내 어깨를 툭 하고 건드렸다. 뒤를 돌아보자 이전까지 풀밭에 앉아있던 수많은 사람이 바로 옆까지 내려와 우리를 둘러싸고 있었다. 그곳에 있는 모두가 우리와 함께 같은 하늘을 바라보는 순간이었다. 같은 하늘이라니 생각해보면 그건 웃긴 말이었다. 굳이 따지자면 하늘은 하나이니까 어디서 보나 똑같고 그래서 결국 모두 같은 하늘이지 다른 하늘이랄 게 있나 싶으니까 말이다. 하지만 당시의 나는 분명히 우리가 같은 하늘을 올려다보고 있으며 이들 역시도 나와 같은 고민과 생각을 하고 있다고 믿었다. 우리는 마치 상영관에 빼곡히 들어선 관객들처럼 보였다. 하늘은 영화 속 시퀀스처럼 시시각각 변하지는 않았지만 거대한 하나의 스크린이 되어 아주 서서히 모습을 바꾸어나갔다. 그리고 J와 눈이 마주쳤다. 우리는 굳이 묻지 않아도 서로가 무슨 생각을 하는지 알 수 있었다.

언젠가 팬데믹이 도래하고 잃어버린 것 중 하나는 얼굴이라고 생각했다. 마스크 아래로 숨은 타인의 미세한 감정을 놓칠 때가 많았고 때로는 내 표정과 감정을 숨기기도 했다. 그러나 곧이어 마스크로 가려지지 않은 부분에 오롯이 시선이 쏠렸다. 그건 바로 눈이었다. 상대방의 시선을 보며 그의 감정을 읽었고 그가 어디를 바라보는지를 함께 바라보았다. 그렇게 시선은 또 다른 의사소통의 수단이 되었다. 한강 변에서 이름도 모르는 낯선 이들과 함께 하늘을 바라본 그날에도 나는 생각했다. 말로 표현하지 않더라도 그저 같은 시선을 공유하는 것만으로 우리는 서로 소통할 수 있다고. 우리는 그렇게 얼굴조차 알지 못하는 타인으로부터도 위로받을 수 있었다. 그건 말이나 행동으로는 해낼 수 없는 영역의 것이기도 했다.

붉게 빛나는 하늘이 점점 보랏빛으로 바뀌어 가고 있었다. 사위가 서서히 어두워졌지만, 걱정은 들지 않았다. 저 뒤편 어딘가에서 어김없이 환한 빛이 우리를 향해 쏟아질 예정이었다.

황한나

조금 엉성하고 많이 까탈스럽습니다.

제 성질에 제가 못 이길 때가 많아서

성격 좀 고쳐야 한다는 말을 달고 삽니다.

요즘은 여러 사람과 부대껴 살아가는 법을 배워가고 있습니다.

앞으로 수십, 수백 번 곪아버린 물집을 터뜨려야 하겠지만

잠시의 아픔을 견디면서, 더 멋있어진 저를 만나러 가는 중입니다.

非常, 備嘗, 飛上.

비상한 삶을 살아가며 타인을 보살피고

종국에는 힘차게 날아오를 제 모습을 기대하셔도 좋습니다.

『걸작까지는 아닐지라도』

자투리 시간. 그렇게나 잘 쓰고 싶었던 아까운 순간의 부스러기입니다. 원체 욕심이 많고 승부욕이 강합니다. 온갖 사랑이란 사랑은 죄다 독차지하고 싶어 하는 철부지입니다. 그래서 세상에 저의 족적을 남기는 것에 특히 집착하고 저의 지향을 찾아 헤맵니다. 그렇지만 일정한 체계가 없는 것 같았고, 겉만 번지르르하게 꾸며진 부실 공사에 지나지 않게 될까 두려웠습니다. 이 글은 저의 내실을 다지기 위해 슬퍼하고 고민하며 분투했던 제 청춘의 표상입니다. 찰나의 감상도 놓치지 않고자 기억의 끄트머리를 되짚어가며 틈틈이 적어둔 수십 편의 단상들이, 감사하게도 좋은 기회를 만나 세상의 빛을 보게 되었습니다. 저의 희로애락을 담은 이 작품이 조금이나마 당신의 삶을 따스하게, 당신의 마음을 풍요롭게 만들 수 있다면 좋겠습니다.

걸작까지는 아닐지라도

 분주하게 양손을 움직이며 빨간색, 파란색, 노란색의 공을 바닥에 떨어뜨리는 일 없이 쉬지 않고 돌리는 공연장의 피에로. 눈가에 눈물 문양이 그려져 있는 피에로의 표정은 늘 똑같다. 입꼬리는 바닥을 향하고 있으면서도 얼굴에 칠해놓은 분장은 우스꽝스럽다. 웃음기 없는 표정과 대비되는 우스꽝스러운 행색의 부조화는 우리로 하여금 다소간의 섬찟함조차 느끼게 한다.

 제법 능숙하게 돌릴 수 있게 되었을 즈음에는 돌리는 공의 개수가 늘어난다. 네 개, 다섯 개, 그렇게 점차 돌리는 공의 개수를 늘린다. 더욱 숙련된 피에로는 이것저것 다양한 곡예를 한다. 많아진 공을 다루며 묘기를 부리는 그 팔이 아파오고 몸이 고단할 것 같은데도 피에로의 표정에는 조금의 미동도 없다.

 지금을 살아가는 우리들의 모습을 떠올릴 때면 나는 피에로를 가장 먼저 연상한다. 해야 할 일은 점점 늘어나는데 약한 소리를 하며 징징댈 수 없는 우리와 굳은 표정으로 바삐 공을 돌리는 피에로.

'할 것, 해야 할 것, 내가 해야 할 것'

인생길을 달려가는 내내 우리에게는 늘 특정한 과업이 부여됐다.

여느 부모들이 곧 태어날 아이에게 건네는 부탁인 '건강하게만 자라다오'와는 달리, 건강하다는 사실이 확인된 그 아이는 자라면서 걷고 말하는 시기가 또래에 비해 늦지는 않는지 확인되어야 했다. 부모님의 그 최초의 걱정을 덜어드린 후 얼마 지나지 않아 유치원에 갈 때가 되었을 무렵에는 주변에서 누구누구 엄마는 애를 영어유치원을 보냈다는 둥 들려오는 말들이 많았다. 초등학교에 입학해서 삼학년쯤 되었을 때는 학원을 두 곳 정도도 안 다니고 있으면 신기한 아이 취급을 받기 일쑤였고, 이때부터 '수학이 중요하다'라는 말은 귀에 딱지가 앉을 정도로 들어왔다. 그러더니 중학교에 올라가면서부터는 갑자기 모든 것이 경쟁 구도에 오르기 시작했다.

'학급회장이 되어 학생회 활동을 해야 리더십 영역에서 좋은 점수를 가져갈 수 있다' '아무리 비교과 활동이 좋아도 교과목 성적이 좋지 않은 다음에야 말짱 꽝이다' '쓰레기 주울 때 주위에 아무도 없으면 나중에 남겨됐다가 주워야 선생님 눈에 띄어서 세부 특기사항에 좋게 적힌다'

학교에서의 모든 활동은 점수와 몇 줄의 문장으로 환산되곤 했다. 그러면서 살짝쿵 도진 사춘기에 시달린다는 핑계로 부모님께 대들어도 보고 절교와 화해를 일삼는 와중에도 자신을 꾸미는 일에 여념이 없어지는 그 나이대 아이들의 혼란스러움 속에서 살아남으며, 우리는 어찌어찌 고등학교에 올라가게 된다.

정말이지 고등학교란 무서운 곳이었다. 중학교와는 달리 교과서는 다뤄지는 수업자료 중 일부에 불과했고, 정기적으로 모의고사도 쳐야 했다. 학습량은 엄청나게 불어났고 대학에 가기 위해선 어느 하나라도 놓쳐서는 안 됐다. 전형은 무슨 전형이 그리 많은지 학교별로 갖가지 이름을 한 전형이 우리를 혼란스럽게 만들었다. 뭐가 어떻게 돌아가는 건지 갈피를 잡기 어려웠다. 그렇지만 그 와중에도 불변의 진리처럼 여겨지는 것은 있었다. 높은 성적을 받으면 좋은 대학에 진학할 수 있고 행복해질 수 있다는 문장이었다.

이 문장은 마치 부정될 수 없는 명제인 양 학창 시절 내내 지겹도록 되뇌어졌다. 첫 중간고사를 치고 중학교 때 공부 좀 했다는 아이들마저 고등학교는 다른 곳이라는 사실에 호되게 당한 후, 학생들은 좀처럼 잘 나오질 않는 성적에 충격을 받고는 어떻게든 점수를 올리기 위해 허덕였다. 그러면서 우리는 등수에 따라 조성되는 모종의 위계질서에 편입되기 시작했다.

이런 현실이 나는 미웠다. 노래와 연기, 그림과 운동을 좋아하는 학생들은 항상 전교 일 등보다 관심과 중요도의 순위에서 밀려났던, 그렇게 되도록 하는 환경을 마련하는 학교라는 공간과 몇몇 선생님들이. 이런 현실이 너무나도 원망스러웠지만 튀는 존재가 되기에는 지질도 겁이 많았던 나는, 그리고 우리는 마음 깊숙이 잔뜩 불만을 품은 채 현실에 적응하려 부단히 움직였다.

아무것도 모르던 일학년에서 이학년이 되고 본격적으로 입시를 준비해야 하는 삼학년이 되어가며 우리는 서로를 바라보는 눈빛이 달라졌다. 성적이 높은 친구가 비교적 성적이 낮은 친구와 이야기할 때, 낮은 쪽은 높은 쪽의 눈빛을 바삐 쫓았다. '나를 무시하고 있지는 않을까' '쟤는 어떻게 점수를 잘 받는 걸까' '소문으로는 쟤 공부하다고 성격 다 버렸다던데…' 불안감에서 발한 저열한 비교의식이었다. 누구는 붙고 누구는 떨어지는, 그래서 살아남기 위해 친구의 머리 위를 밟고 올라서야 했던 치킨 게임이었다. 선생님께 불려서 교무실에 다녀오는 공부 잘하는 아이에게는 항상 시선이 따라붙었다. '쟤 또 생활기록부에 뭐 좋은 내용 적히나보다' 일단 경쟁자로 인식된 후에는 그 아이의 행동거지 하나하나가 레이더망에 걸려들었다. 치열한 눈치싸움의 연속이었다.

갓난아기가 처음에는 생존의 신호로서 울다가 점차 시간이 지나면서부터는 부모의 관심을 끌기 위한 수단으로 목 놓아 우는 것처럼, 높은 성적만이 이 무한경쟁에서 생존할 수 있는 지름길이자 선생님의 관심을 끌 수 있는 최선임을 눈치챈 학생들은 서바이벌 게임에서 살아남기 위해 무시무시한 독기로 피라미드의 꼭대기를 향해 일제히 돌진했다.

그렇지만 눈을 찡그리고 온 힘을 짜내며 앙앙 울음을 우는 아기와는 달리 서로를 경쟁자로 인식해버리고 만 친구들은 상대방에게 허점을 잡히지 않기 위해서 지은 건지, 습관화된 포커페이스에 표정을 잃어버린 건지 모를 얼굴을 하고 있을 뿐이었다. 그러다가 앞서가던 친구가 넘어지기라도 하면 얼굴에 있는 눈물 문양으로 슬퍼하는 척, 연기를 하면서 비정하게 그 친구를 내버려 두고 달려갔다.

정신없이 바뀌는 교육과정과 넘치게 많은 입시 전형 속에서 나름의 생존방식을 터득한 우리는 수학, 국어, 영어, 탐구와 한국사라는 공들을 분주하게 돌리는 피에로였지만 그렇게 바빴던 만큼 많이, 또 제대로 배웠는지는 미지수였다. 그럼에도 우리는 그중에서도 누가 누가 더 공을 잘, 많이 돌리는지 예의주시하며 쉼 없이 서로를 경계하고 견제했다. 당락의 혈투 속에서 살가운 피에로란 있을 수 없었다. 같은 학교에 다니는 동료였지만 서로에게 있어 우리는 철저히 남이었다. 그리고 그 한 번의 시험 이후 '우리'는 '각자'로 흩어졌다. 대입이라는 공통의 목표를 위해 달렸던 동료였음과 동시에 적이었던 우리는 이내 합격자와 불합격자라는 이분법에 따라 양분되었다.

만족스러운 결과를 얻은 자와 그렇지 못한 자. 후자가 받아들여야 하는 현실은 냉엄했다. 하고 싶어서 하게 된 경쟁, 올라오고 싶어서 올라온 레일이 아니었는데도 낙오하게 된 우리는 스스로에게 패배자라는 낙인을 찍고 기꺼이 위축되었다. 모두가 그렇게 살았기에 자신들 역시 그렇게 애지중지 아이를 키웠던 부모님의 자녀를 향한 망연자실함이 터져 나오는 시기이기도 했다. 나는 그때 태어나서 처음으로 어머니께서 원망스러운 눈빛으로 화를 내며 눈물을 흘리시는 모습을 보았다.

 눈 비비며 못 일어나는 딸 겨우 깨워서 아침밥 먹이고 행여 지각하지는 않을까 노심초사하며 차로 태워서 평일 아침 출근 시간을 뚫고 학교에 보내고, 입시에 도움이 될 학원을 찾아내서 등록시키고, 지하철 타고 집까지 가기 힘들다며 딸내미가 응석이라도 부리는 날에는 학원이 끝나는 시간까지 근처 카페에서 책 몇 권을 읽으며 시간을 보내다 다시 차를 태워 집으로 데리고 오던 그간의 세월을 돌아보시곤 '그동안 누구 좋을 짓을 한 건지 모르겠다'며 자조 섞인 말투로 말씀하시던 어머니의 모습을 난 잊지 못한다. 서로에게 역효과를 불러일으킬까 걱정되어 감정을 나타내 보이지 않았던 어머니께서 처음으로 진심을 털어놓으시는 순간이었다. 나만 고생했고, 나만 힘든 줄 알았고, 나만 표정을 잃어버린 피에로인 줄 알았는데 돌아보니 우리 모두가 피에로였다. 내가 마주한 것은 어른 피에로가 이십 년 동안 참아온 눈물을 흘리는 장면이었다.

졸업식 직전에 터진 코로나 탓에 콧바람조차 마음대로 쐬지 못하게 되자 우울감은 극에 달했고, 따뜻한 크리스마스를 지내고 희망찬 새해를 맞이해야 할 2019년 연말은 대입이라는 관문을 통과하지 못한 실패자에게는, 특히 우리 두 모녀에게는 지옥과도 같았다.

인생 처음으로 쓰디쓴 실패를 맛본 나는 방문을 꽝 닫고 들어가 당시 사용하던 2G폰을 바닥에 내던져 케이스 모서리를 박살 냈다. 울고불고 난리를 치며 잠이 들더니 자고 일어나서는 퉁퉁 부은 눈이 따끔거려 끔뻑이며 기분전환을 한답시고 마구잡이식으로 드라마를 틀어 공허한 마음을 채우려 했다. 그러면서도 아르바이트 지원을 위해 구직사이트에 회원가입을 하고 양식을 채우다 북받쳐 오르는 감정에 못 이겨 눈곱 낀 눈에서 눈물을 줄줄 흘렸다.

시간은 야속하리만치 빠르게 흘러갔다. 어찌어찌 대학에 등록은 했지만 온라인으로 이루어지던 강의에 흥미를 느끼지 못했다. 나는 학교에 정을 붙이지 못하고 있었다. 아르바이트하던 피자가게에서 홀에 놓인 피자와 샐러드바를 잘 관리하지 않으면 상한다는 말이 슬슬 나오기 시작한 유월, 이렇게 맥아리 없이 살다가는 정말 죽도 밥도 안 되겠다는 생각이 들었다. 마침 아르바이트하던 곳에서도 모종의 문제가 생겨 더 일하기가 곤란해진 상황이었고, 입시 실패 후 자존감이 심하게 낮아진 내 모습을 보며 몇 달 전부터 어머니께서도 '다시 시험을 보는 것이 어떠냐'라며 나를 살살 달래고 계시던 참이었다.

어머니의 제안을 받아들이고 연년생 남동생의 수학 과외 선생님을 만나 뵈어 상담을 했다. 목표대학이 어디냐는 질문에 나는 흘끗, 선생님의 눈치를 보면서도 우리나라 최고의 대학에 가고 싶다고 말했다. 지방에서 유년 시절을 보내고 그 대학에 가기 위해 혈혈단신 상경해 다시 수험생활을 했지만 못다 이룬 아버지의 꿈을 대신 이뤄드리고 싶었던 스무 살 딸내미의 작은 바람이자 손녀딸 대학 입학을 당신께서 돌아가시기 직전까지 기억하고 계시던 할아버지께 마지막 효도를 다 해드리고 싶었던 마음이었다. 스무 살의 나와 동갑이었던 삼십 년 전 아버지의 수험표를 챙겨 책과 함께 가방 안에 넣어 다니며 나는 다시 수험생활을 시작했다.

고등학생 때의 나는 왜 사람들이 자진해서 감정을 없애고 기계처럼 사는지 이해할 수 없었다. 모두가 입시, 취업과 승진이라는 틀에 갇혀 앞을 보지 못하는 것 같았고 자신을 사회가 만든 규격에 맞추며 사는 사람은 따분하다고 생각했다. 감정을 드러낼 수 있는데 왜 구태여 자신을 극도로 제어하며 고통스러워하는지 알 수 없었다. 그리고 입시가 끝나면 모든 자기통제로부터 해방될 줄 알았던 나는 대학에 가고 사회에 나가면서 또다시 모든 사람이 잿빛으로 물드는 듯 보이는 현실에 절망했다.

그런데 아니었다. 그 피에로는 그저 그 시기에 지워진 과업을 완수하기 위해 잠시 감정을 삭이고 자신의 목표를 이루기 위해 열심을 다

하는 우리의 표상이었을 뿐이었다. 우리는 피에로의 본모습을 모른다. 피부에 칠한 하얀 분, 입술에 칠해진 붉은 염료에 가려진 진짜 얼굴을 모른다. 그는 그저 시종 일관된 모습으로 묘기를 펼칠 뿐이다. 그것은 엄청난 프로의식이자 자신의 직업을 사랑하는 한 사람의 사력을 다한 연기였다. 나는 이해하지 못하던 그 피에로의 모습이 되었다. '틀에 들어가 본 놈이 그 틀을 욕하더라도 할 수 있겠다'고 생각하며 변화하기 위해, 그래서 더 멋진 나를 만나기 위해 나는 자발적으로 다시 그 틀에 몸을 욱여넣었다.

그러나 당찼던 포부와는 달리 정말이지 공부하기 여간 어려운 환경이 아니었다. 마스크를 쓰지 않고는 나다닐 수 없는 환경 탓에 산소가 부족해 정신이 아득해지면서도 혹여 병에 걸리면 시험을 볼 수 없었기에 두꺼운 마스크를 끼고 후줄근한 차림으로 독서실을 다녔다. 하필이면 약했던 수학에서 또 교육과정이 달라져, 나는 지금껏 배운 적 없는 내용을 육 개월 만에 공부해야 했다. 그리고 동생은 마스크를 끼고 손소독을 하며 면접을 보러 다니는가 하면 학교에서 확진자가 발생했다며 학교를 가다 말다 했다. 시험장에는 책상 위에 뭘 붙여서 감염을 방지한다는 둥 말이 많았고, 학생들이 밤새 공부할 수 있는 장소에도 시간제한이 생겼다. 전염병 시대의 피에로들은 너무도 복잡해진 서커스장에서 묘기를 펼쳐야 했다.

다녔던 독서실은 지은 지 얼마 되지 않은 곳이었는데도 이상하리만치 보수공사가 잦았다. 거세게 비가 내리는 장마철에는 항상 비가 온 다음 날이면 천장에 판을 덧대느라 온종일 탕탕탕 망치 두들기는 소리가 들려왔고 바닥에는 빗물받이 통이 놓여 있었다. 나는 축축하게 젖은 샌들을 벗어 비닐봉지에 넣어두고 양말을 신지 않은 채 운동화를 신고 에어컨 바람에 젖은 발을 말려가며 몸을 오들오들 떨다가 연신 재채기를 해댔다. 잠이 부족하고 스트레스가 심해 인터넷 강의를 듣다가 꾸벅꾸벅 조는 내 모습을 볼 때면 내 속도 모르고 자꾸만 오는 잠이 미우면서도 주변 사람들 눈치가 보여 가물거리는 정신을 얼른 깨웠다.

동생과 같은 시험을 준비한다는 사실이 너무도 부끄러웠다. 다른 아이들의 스무 살은 반짝반짝 빛이 나는데 나만 홀로 쭈글스럽게 사는 것 같았다. 가끔 인내심이 바닥났을 때 들어가 본 SNS에는 여행을 가거나 연애를 하거나 학교에서 여러 가지 활동을 하고 상을 받은 친구들의 모습이 있었다. 표정이 없었던 줄로만 알았던 그 아이들은 서서히 자신의 모습을, 각자의 빛깔을 빚어내고 있었다. 나만 제자리걸음을 하고 있는 것 같았고, 그 몇 장의 사진들은 나로 하여금 '이번에도 안되면 어떡하지'라는 불안감을 공포감으로 증폭시키게 하기에 충분했다.

그렇지만 그런 생각이 고개를 들수록 더욱 처절하게 혼자가 되었다. 매일을 세상에 혼자 버려진 기분으로 살았다. 그래야만 했다. 이 이상 부모님께 실망을 안겨드릴 수 없었고, 나는 자랑스러운 첫째가 무척이나 되어 보이고 싶었다.

이때 무한도전 고속도로 가요제에서 나왔던 노래 '말하는 대로'를 참 자주 들었다. '두 눈을 감아도 통 잠은 안 오고 가슴은 아프도록 답답할 때, 난 왜 안되지, 왜 난 안되지, 되뇌었지'라는 가사는 스무 살 입시생이라는 나의 눈물샘을 자극하기 충분했다. 노래를 들으며 힘든 나의 스무 살을 곱씹으며 울다가도, 언젠가 이 시기를 되돌아보며 '그때 참 힘들었었지~' 하고 씩 웃어 넘길 수 있는 내가 될 수 있도록 살았다. 밥 먹는 시간이 아까워 간단히 먹을 수 있는 주먹밥을 십오 분 만에 먹고 돌아와서 다시 공부했다. 지하철을 타고 대치동 학원 가에 오고 가는 시간을 아껴가며 지하철 안에서 영단어를 외우고, 한국사 요약노트나 사회탐구 과목 필기노트를 펼쳐 외웠다. 역에서 내려 과외를 하기로 한 스터디카페로 향하는 길목에서도 이어폰을 끼고 EBS 강의를 들었다.

아무런 연고도 없었던 입시학원에 부탁해 모의고사를 치고 집에 가는 날도 있었다. 시험만을 치러 교실에 들어가면 '낯선 이'였던 나에게 집중되던 아이들의 그 시선들, 학원에 다니던 아이들에게만 배식되던 점심 식사에 도시락을 싸 오지 않고서는 내 끼니를 해결할 수 없었다는 사실은 같은 수험생 입장임에도 나만은 동지가 아니라는 점을 일깨웠다. 그렇지만 나는 그 모든 것을 어머니께서 싸주신 도시락을 보며 잊어버리고 오로지 모의고사를 치는 일에만 전념했다.

그 도시락은 이 년째 수험생인 딸내미의 도시락을 싸게 한 나 자신을 못 견딜 만큼 한심스러운 존재로 만드는 것임과 동시에 편식이 심한 나였기에 항상 불고기와 볶은 김치, 밥 그리고 된장찌개라는 일관된 메뉴로 딸에 대한 변함없는 사랑을 전하는 어머니의 메시지였다. 가족에 대한 미안함과 사랑, 그리고 여섯 달 동안 나를 이끌어주신 선생님 덕분에 하루하루를 버틸 수 있었다. 또 가끔 정말 죽을 만큼 외롭고 무너질 것 같을 때, 종이와 연필 그리고 나만을 책상 위에 남겨놓다가 내가 사라져버릴 것만 같은 때 손을 뻗으면 흔쾌히 나와 함께 시간을 보내준 친구들 덕분에 나는 내 스무 살의 삶을 처절하도록 치열하고 악착같이 살 수 있었다. 철저히 나를 통제하며 시험을 준비한 여섯 번의 달을 보내고, 나는 비록 한 방에 마무리 짓지는 못했지만 나 스스로 만족할 수 있는 곡예를 선보이며 드디어 인생의 첫 허들을 넘었다.

대학에 왔다. 입학 전 가본 학교는 뿌얀 눈에 덮인 그 모습이 너무도 예뻤다. 이곳에서 나의 대학 생활이 시작될 거란 생각을 하니 기대감으로 마음이 잔뜩 부풀었다. 여전히 전염병 때문에 학교에 가지는 못했지만 점차 온라인으로 교류가 활발하게 이루어지기 시작했고, 점점 나아지는 상황에 감사했다.

그러나 온라인으로 사람들을 만나는 것에 나는 금방 싫증을 느꼈다. 재미가 없었다. 밖으로 나가고 싶었다. 나가서 사람들을 만나고 싶었다. 밤새도록 술을 마시며 동기들과 젊음의 애환을 느끼는 경험을 해보고 싶었다. 밴드동아리에서 마이크를 잡고 묵직하게 울리는 베이스 기타, 낭창낭창한 건반 소리와 몸속의 피가 다시 돌게 만드는 쩌렁쩌렁한 사운드의 드럼 리듬에 파묻혀 청춘을 노래하고 싶었다. 동기 여럿과 한강에서 돗자리를 깔고 치킨을 뜯으며 놀아보고도 싶었지만 우리는 모일 수 없었고, 애석하게도 나의 이런 바람은 한 해 더 봉인되어 있어야 했다.

무어라 형언할 수 없는 답답함과 공허함이 나를 잠식하려 들었다. 내 대학 생활이 단순히 컴퓨터 화면에 띄워진 무표정한 얼굴들로 일축될 수는 없었다. 온라인으로 진행되었던 학교 행사에서 사귄 친구들과 몇 번의 술자리를 가지기는 했지만 나는 그 이상의 무언가, 이 치열한 대한민국 교육열에서 살아남은 자들이 가면을 벗고 서로 진한 전우애를 나눌 수 있는 이벤트를 갈망하고 있었다. 뭐든지 해보고 싶었다.

대학교 일학년 삼월, 나는 아르바이트를 하며 학교에서 할 수 있는 활동, 지금 모집하고 있는 동아리 등을 찾아보면서 내가 하고 싶은 것이 무엇일지 탐색하기 시작했다. 취미를 돌잡이 했다. 충동적으로 이곳저곳에 지원서를 썼다. 그렇지만 마냥 내가 하고 싶은 것만을 찾아다니지는 않았다. 내게는 첫째 딸내미로서 나에게 기대가 크셨던 어머니의 신뢰를 저버렸다는 죄책감이 마음 한구석에 아프게 있었고, 그래서 경제적으로 의존하고 싶지 않았다. 장학금을 받을 수 있는 방법을 찾다가 소정의 활동비를 장학금으로 준다는 교내 영자 신문사에 지원해서 합격한 후 수습기자로 활동했다. 그러면서 다른 동아리에도 입부를 했다. 이것저것 많은 활동을 하면 내가 대단해 보일 줄 알았다. 동아리 네 곳에 발을 걸친 채로 영자 신문사 활동을 해나갔다.

드디어 그토록 바라던 전우애를 느낄 수 있는 활동을 찾았다 싶었다. 매주 정기모임을 가지며 동기 기자들과 친해졌고, 그중 제일 가까워졌던 친구와 왜 이렇게 과제가 많냐며 투덜거리면서도 직접 취재하고 기고문을 한글로 적어 내는가 하면 이미 간행된 영어 기사를 번역하는 과제를 했다. 쉽지 않았던 난이도의 활동이었지만 끙끙대며 어찌어찌 해나갔다. 어느새 나는 공을 찾아다니며 주섬주섬 주위 들고는 또다시 허둥지둥 저글링을 시작하려 하고 있었다.

점점 몸이 두 개여도 모자랄 정도로 바쁘게 생활하기 시작했다. 러닝동아리에서 달리기를 하고 벽화봉사동아리에서 봉사를 하며 국제 학생 교류회 활동도 참여했고, 그러면서도 노는 것은 물론 게을리하지 않았다. 준비운동도 하지 않은 채 공을 주워 담아 돌리기에 바빴다.

그러다 점차 초점을 맞춰야 할 대상이 흐려졌다. 돌리고 있는 공의 무게가 전보다 무거워졌다는 것은 알아차리지도 못한 채 무리하게 돌려댔다. 그러다가 단순히 하고 싶은 것을 찾아내고자 했던 최초의 결심이 변질되기 시작했다. 많은 경험을 쌓고 비교할 수 없이 좋은 경력을 쌓아 멋지게 취업하며 다른 애들보다 우위에 서고 싶었다. 나의 자기 계발을 위해서가 아니라 단순히 남들에게 부러움을 사고자 한 것이다.

또래보다 일 년 늦은 대학 생활을 하게 된 나는 그 일 년을 앞당기기 위해서 좋아 보이는 활동이 있다면 있는 족족 주위 담았다. 그러면서 역설적으로 내가 잘난 줄 알게 되면서도 한없이 조급해하며 다른 무언가를 찾았다. 막상 눈앞에 던져진 과제를 완벽히 해내지 못하는 내 모습을 보면 도망쳤고, 그 영역에서 나보다 재능을 발휘하는 다른 이들을 시기했다. 내가 빛나 보일 수 있도록 해주면서도 큰 명예를 안겨줄 것들을 찾아 헤맸다. 엔드류 카네기의 명언 '젊은이여, 그대 이름을 가치 있게 하라'를 실천하고는 싶었지만, 조금 쉽고 간단한 방법을 찾을 수 있다면 그렇게 해서 내 이름을 세상에 드날리고 싶었다.

영자 신문사의 진급 심사가 코앞으로 다가왔지만 나는 제대로 된 준비를 하지 않았다. 잘 써지지 않는 기사를 부여잡다가 이내 '내 길이 아닌가 보다'하고 자기합리화를 하면서도 이상한 승부욕은 버리지를 못하는 아이러니한 상태를 지나, 나는 결국 다 채우지 못한 기사문을 제출했다. 그러면서도 피피티는 써놓은 기사문의 내용을 부풀려 마치 준비를 다 한 것처럼 보이도록 그럴싸하게 만들었다. 프레젠테이션을 했고, 결과는 불 보듯 뻔한 불합격이었다. 그때 심사를 받으며 들었던 말 중 잊을 수 없는 말이 있었다. '너무 바쁘셨던 게 아닌가 싶네요'라는 말. 그 한마디가 심장을 후벼 팠다. 나는 욕심껏 돌리던 공을 놓쳐 바닥에 널브러뜨린 피에로였다.

처음에는 하고 싶은 일이라면서 호기롭게 시작하더니 이내 지구력 없는 모습을 보이며 흥미를 잃고 다른 것을 찾아보다가 결국 그 과제를 해내지 못한 모습을 보며 나 자신을 증명해내지 못했다고 자책했다. 당시 막 연애를 시작한 남자친구에게 잘 해내지 못했다며 속상해했다. 만난 지 얼마 되지도 않은 여자친구가 보일 만한 모습이 아니었는데도 그때 나의 남자친구는 내 나약한 모습까지도 보듬어줬다. 모든 별은 혼돈 속에서 태어나기 마련이라는 니체의 말을 인용하며 내가 길을 잃지 않도록 자신이 함께 걷겠다고 얘기해줬다.

그러나 나는 이렇게 말해주는 남자친구가 고마우면서도 나 스스로에 대한 의심을 멈출 수 없었다. 나의 역치를 도대체 믿을 수가 없었다. 어쩌다 운이 좋게 일이 잘 풀리면 그저 마음 편히 그 운에 의존하려는 내 모습이 싫었다. 얼마큼의 시간이 흘러야 내 할 일 그 하나를 제대로 할지, 일 인분의 할당량을 할 수 있을지 걱정됐고 이대로 성장하지 못하면 어쩌나, 하며 무서워했다. 자신이 돌려야 할 몇 가지의 공을 찾아내어 벌써부터 실력껏 저글링을 하고 있는 것 같은 주변 사람들을 볼 때면 나만 내 것을 너무 못 찾고 있는 것은 아닌지 두려 웠다. 열심히 사는 사람이 보이면 일단 위기감과 존경심을 느낀 후 그것을 좇아야지만 직성이 풀리는 나. 아카펠라 동아리를 들어가는 친구가 있으면 그 재능을 부러워하면서 나도 저기 들어가야 할까, 고 민했던 대책 없는 마당발이었다.

생각해보면 어려서부터 진지하게 생긴 외모와 뭐든지 열심히 하는 '척'을 하는 뛰어난 연기력 덕에 조금만 뭘 해도 나보다 더 꾸준히 노 력해온 사람에게 붙여져야 할 '성실하다'라는 수식어를 거저 가져가 곤 했다. 아니, 뺏었다. 대망의 서커스 공연날, 관중에게 자신의 곡 예를 선보일 그 하루를 위해 실력을 갈고닦는 고통 속에서 삼켜왔을 피에로의 눈물을, 그의 연대기를 업신여긴 것은 바로 나였다. 그러면 서 역설적으로 노력과 시간을 비교적 덜 들일 수 있는 쉽고 빠른 길 을 찾으려는 사람을 안 좋게 보면서도 정작 내가 그러한 길을 가고자 하고 있었다. 여러 가지 도전을 하는 내 모습을 뿌듯해했지만 정작 진정으로 나의 것을 찾아볼 용기는 내지 않은 영락없는 비겁자였다. 이제는 내가 그 성장통을 통렬히 느낄 차례였다. 인생은 한 단계, 한 단계 나아갈수록 험난해졌고 이 단계부터 지름길이라는 것은 없었 다. 나의 시간과 노력을 들여 내가 내 모습을 빚어가야 할 때가 온 것 이다. 평생토록 즐거이 돌릴 수 있는 나의 공을 찾아 나만의 묘기로 나만의 곡예를 선보여야 했다.

나만의 필살기를 찾고자 나는 다시 움직이기 시작했다. 연합 뮤지컬 동아리에서 여배우로 공연을 올려도 보고, 동기들과 팀을 꾸려 교내 공모전에 참가해 수상도 하고, 석 달 정도 치매안심센터로 봉사활동도 다녔다. 카페 일에 관심이 커졌을 때는 커피전문점에서 아르바이트를 하며 내가 바리스타를 하고 싶어 하는 건지 시험해보기도 했다.

해가 바뀌었고 슬슬 학교가 문을 열기 시작했다. 그토록 하고 싶었던 밴드동아리 활동을 할 수 있게 되자 나는 공격적으로 활동에 참여했다. 학교 축제에서 수많은 관중 앞에 서서 노래하며 나는 살아있음을 느꼈다. 그 후에도 올라오는 다른 활동들에 열심히 참여하고 있고 음악, 더 나아가서는 창작에 내가 많은 관심이 있다는 사실을 깨달았다. 지기 싫어하는 나의 성격은 유달리 이 분야에서 부각되었다. 내가 싫어하는 나의 부족한 면들을 이 사건 이후 한 번에 없애지는 못했다. 나는 여전히 가끔 핑계를 대고 도망가려 하며 나와 연관된 일련의 사안들로부터 나를 독립시킨다. 어른으로서 내가 한 일에 대한 책임을 지는 것이 아직은 버겁다. 그렇지만 내가 지금껏 해온 도전들 덕분에 알게 된 내 모습을, 그리고 타인의 삶을, 나는 조금은 이해하고 조망할 수 있게 되었다.

타인의 재능을 시샘하고 그 모습을 좇아야 직성이 풀리는 나를 버거워하는 내가 있다면 시샘하는 태도는 고치고 타인의 모습을 좇기 위해 노력하는 나만을 남겼다. 여러 가지 일을 해야 자기 확신을 가질 수 있다는 이상한 강박에서 도전정신은 남기고 나를 향한 인내심을 키웠다. 나의 세계는 이렇게 또 한 번 확장되었다.

돌이켜보니 지금까지의 인생, 나의 청춘, 우리의 삶은 한 편의 희곡이었고, 희곡이며 희곡일 것이다.

사실 나는, 아니 우리는 감정을 드러내서는 안 되는 슬픈 피에로가 아니었다. 자신을 제어할 줄 아는 강인한 절제력의 소유자를 시샘한 내가 그 사람에게 멋대로 붙인 별명이 '인간미 없는 능력자', 피에로였던 것이다. 음침한 모습으로 바삐 저글링을 하는 피에로. 그러면서도 또 그 슬픈 희극인이라는 타이틀을 시샘해서 내가 그 모습을 하고 있다고 상정한 것이다. 사실 그 피에로는 슬프지 않았을 수 있다. 감정을 나타내지 못하는 것은 피에로 분장을 하고 있는 그 잠깐뿐이었으며, 오히려 우스꽝스러운 자신의 모습을 통해 관객을 웃길 수 있다는 것을 즐겼을지도 모를 일이다. 내 색안경이었으며 내 주관이었다.

피에로는 없다. 그 실체는 우리 자신이다. 인생의 각 순간을 살며 잠시 필요한 페르소나를 썼다, 벗었다 할 수 있는 우리를 슬프고 음울한 모습으로 묘사한 것이 바로 피에로였다. 그때의 당신과 나는 그저 살아남기 위해서 치열하게 살아간 현대인이었던 것뿐이다. 공연장 중심에 서서 나의 일대기를 열심히 살아간 것도 나요, 모든 공연을 연출하고 감독한 것도 전부 나 자신이었다. 아르바이트를 하다 꾸중을 들고는 맺히는 눈물이 떨어질까 눈에 힘을 주고 감정의 분출을 참아내며 일했던 나, 조별 과제를 하며 혹시 내가 민폐를 끼치지는 않을까 조마조마해 하면서도 토론을 위해 읽어야 했던 책의 의미를 도통 이해하지 못해 투정을 부리며 책과 씨름하던 나, 그리고 남자친구와 통화하며 전화기를 붙들곤 울며불며 '나 서운해'를 내지르더니 이내 화해하곤 슬며시 손깍지를 끼던 나는 내가 살아가는 인생이라는 극의 감독이자 주연이었던 것이다.

바쁜 러닝타임을 지나오면서도 그 사이사이에는 막간이 있었다. 그리고 그 사이에는 찰나의 생생한 감정이 고스란히 묻어난 기억이 있었다. 같이 대입을 준비했던 친구들과 선생님 몰래 배달시켜 먹었던 스무디와 이때의 기억을 간직해보겠답시고 촬영한 자기소개서 낭독 영상, 좋아하던 선생님의 말투를 성대모사 하던 고삼 시절의 내가 있었다. 스터디카페를 다니며 매일 가던 분식집에서 주먹밥을 먹던 그 십오 분을 행복해했던 스무 살의 내가, 같이 수업을 듣던 동기 친구가 등 뒤로 건네 온 쪽지를 열어보고는 킥킥대던 스물한 살의 내가. 공모전에 출품할 글을 쓰며 배가 고파져 컵라면에 물을 부을지 말지 고민하던 스물 두 살의 내가 있었다.

그리고 지금 여기, 앞으로의 서사를 써 내려갈 내가 있다.

『주연배우 나, 총감독 나, 연출 나』

한 사람의 태어남,
그 힘찬 울음과 함께 생겨난 물결이
다른 파도와 만나 넘실거리며
큰 바다로 흘러간다.

살아 숨 쉬고 있는 우리는 그저
내일을 향해 달려갈 뿐이다.

인생은 꼭 한 편의 연극 같다.

비록 모든 이 한 명 한 명의 것이
엄청나게 화려한 걸작, 까지는 아닐지라도.

최고은

아무리 생각해도 사랑은 번거롭고 아프고 소모적입니다.

그래도, 그럼에도 불구하고, 결국 사랑인 명분이 필요했습니다.

다들 그저 한 철 유행처럼 마음을 흉내 낸다고 위안했습니다.

이제는 번번이 발견한 사랑의 가능태들이 제 삶의 구원입니다.

다양한 형태와 수명의 사랑들을 이제야 가늠하게 되었고

얕게나마 헤아려 본 사랑의 물성을 활자로 옮기는 작업을 합니다.

솔직한 마음끼리는 거침없고 용감하게

겁이 많은 마음끼리는 위태롭고 아슬하게라도

우리가 모두 무해하고 어쩔 수 없는 사랑을 하면 좋겠습니다.

『銘明명명 – 달을 새기다』

볼품없고 초라한 마음일수록 오래도록 들여다보게 되는 힘이 있다고 믿습니다. 그래서 내 삶을 사랑하려면 마음껏 어긋나고 서툴러도 괜찮겠다고 생각합니다.

사랑하다 보면 멈추기 위해 시작해야 하는 다짐들이 생기고, 외면하기 위해 직시해야 하는 여러 모순을 마주합니다. 이 이야기는 그래서 미련하고 비합리적이며 끝까지 어설픕니다. 그렇기 때문에 한 번이라도 더 들추어 보게 될 마음의 유서입니다. 저는 이미 되돌아갈 수 없을 만큼 멀리 떠나온 정거장에 의연히 머문 당신에게, 당신은 천천히 돌아와도 좋다고 말하는 이야기입니다.

어쩌다 보니 느긋하게 걸어오면 좋겠다는 바람입니다.

銘明(명명) - 달을 새기다

처음 너를 만난 건, 햇수로 벌써 아득한 6년 전 12월이었다. 난 당시 고등학교 1학년이었고, 꽤 규모 있는 글쓰기 공모전에 우리 학교에서 나와 너, 그리고 민서라는 친구까지 3명이 당선되어 서울에서 열린 시상식에 참여하게 되었다. 민서와는 같은 반이었지만 너랑은 일면식도 없었다. 그도 그럴 것이 우리 학교는 남녀 분반이었기 때문에, 같은 동아리를 들지 않은 이상 친해질 기회가 흔치 않았다. 너는 그저 이동 수업을 하며 오다가다 키 170인 내가 올려다봐야 한다는 점이 약간의 신선한 인상을 주던 아이였다.

식전에 간단히 근처 식당에서 밥을 먹기로 했다. 주문한 음식을 기다리며 민서와 또 다른 친구 A에 관한 얘기를 하기 시작했다. 무슨 내용이었는지 기억도 안 날 정도로 다분히 시시콜콜한 얘기였다. 그러던 중, 맞은편에서 눈만 끔벅이며 멀뚱히 우리를 바라보는 네가 눈에 들어왔다. 너에게 민서가 물었다.

"너도 궁금해? 말해줘?"

그러자, 너는 이렇게 답했다.

"아니. 난 남 얘기하는 거 안 좋아해."

내 친구들은 이 이야기를 해주면 하나같이 날 이해 못 한다는 표정으로 바라본다.

"어……. 그래서 그거 때문에 지금까지 좋아한다고?"

만일 이 이야기가 드라마 극본이었다면, 개연성이 엉망이라며 시청자들의 비난이 쇄도했겠지. 실제로 내가 요즘 즐겨 보는 한 드라마도 그런 연유로 혹평을 받고 있는데, 여주인공이 남주인공을 좋아하게 되기까지의 감정의 비약이 지나치게 크다는 것이다. 그러나 사람이 사랑에 빠지는 순간은 벚꽃이 떨어지는 초속 오 센티미터의 빠르기로, 때로는 초속 삼십만 킬로미터의 광속으로 천차만별이며, 애초에 누군가를 좋아하는 데 있어 개연성은 필요조건이 아닐지도 모른다.

너의 대답과 동시에 내가 주문한 메밀소바가 나왔고 난 아무렇지 않은 듯 육수에 간 무와 고추냉이를 풀었지만, 사실 넣을 놓은 채 젓가락을 휘휘 젓는 것뿐이었다. 시상식을 마치고, 다시 학교로 돌아오고, 집으로 향하는 밤길에서도 그 멍한 기분을 뿌리칠 수 없었다. 그리고 며칠 뒤 스터디 플래너 한 자락에 적힌 '좋아하는 사람이 생긴 것 같다'는 활자에는 부끄러운 웃음이 스며있었다.

아이들을 통해 전해 들은 너는 생각보다 훨씬 괜찮은 아이였다. 착하고, 책임감도 크고, 아닌 건 아니라고 말할 수 있는, 친구들 말마따나 걸어 다니는 교양서라 했다. 두 달 뒤, 겨울 방학 보충을 듣기 위해 너와 나는 학교에 나왔다. 어디서 그런 자신감이 나온 건지 모르겠으나 밸런타인데이 때 친구를 통해 너에게 초콜릿을 줬고, 너는 고맙다고 했다.

그러나 나는 그 이상의 연락을 주저했다. 넌 고등학교에서 연애에 대한 관심을 끄고, 학업에만 몰두하리라 다짐했다고 너의 친한 친구로부터 전해 들었기 때문이다. 그래서 난 연락 대신 하나의 익명 메시지를 보냈다. '내 친구가 너 좋아하는데, 걔도 공부 열심히 하는 애니까 둘 다 각자의 목표를 이루고 나서, 그때 기회가 되면 둘이 잘 해봤으면 좋겠다'라며, 누가 봐도 본인 얘기를 아는 사람 얘기인 양 보낸 것이다. 이에 너는 '그 애가 누군지는 알 수 없지만 나나 그 애 나 잘 되었으면 좋겠다'라고 짧게 답했다. 그리고 너와의 접촉은 더 는 없었다.

***

그로부터 석 달이 지나도 널 좋아하는 마음은 줄곧 한편에 자리하 고 있었다. 그러나 사람은 애석하게도 쉽게 잊고 적응하여, 홍수처럼 부풀었던 내 마음도 어느덧 자작하게 졸여지고 있었다. 그러던 2017 년 5월 11일, 우리 학교는 체육 대회로 시끌벅적했다. 학생회 임원이 었던 나는 땡볕 아래 각종 경기의 심판을 봐야 했다.

피구 심판을 다 봤을 때, 같이 심판을 본 선생님들께선 내게 호각을 본부석에 갖다 놓으라고 하셨고, 난 흡사 곡예를 부리듯 호각 여섯 남짓 개와 피구공 네 개, 보조 배터리와 핸드폰을 아슬아슬하게 품에 안고 본부석으로 향했다. 운동장의 중간쯤 다다랐을 때, 보조 배터리 를 떨어뜨리고 말았다. 나는 속으로 욕지거리를 내뱉었고 다소 어정 쩡한 자세로 구부려서 배터리를 잡았다. 그런데 일어나서 얼마 안 가 이번에는 핸드폰을 떨어뜨린 것이다. 아마 꽤 험한 말이 나오지 않았나 싶다. 그래서 별수 없이 다시 쭈그려 앉았는데, 그렇게 한 십여 초간 멍하게 핸드폰과 그 위로 흩날리는 흙먼지를 응시했다. 아지랑이가 피어오르는 날씨 속에서 몇 시간 동안 심판을 본 탓인지 땅이 유영하듯 흔들렸다. 바로 옆에서 공을 차며 떠드는 목소리도 백색소음처럼 내 주위를 에워싸는 듯했다. 그런데,

"도와줄까?"

낯선, 하지만 낯설지 않은 목소리가 꿈처럼 들려왔고 힘없이 고개를 들었을 때, 네가 있었다. 아, 그때 사고회로가 정지돼서 몇 초 동안 너의 얼굴을 봤는지도 기억이 안 난다. 얼마나 아연실색한 표정으로 널 바라봤을까. 숨결도 닿을 듯한 얼굴 간 거리에 뇌 주름이 파르르 떨렸다. 하지만 난 그걸 기어이 내색 안 하고 "아, 고마워."라고 내뱉었다. 바보같이. 아니, 그냥 뒤로 놀라 자빠지지 않은 걸 다행으로 여겨야 할까 보다. 너로부터 흙먼지가 더덕더덕 붙은 핸드폰을 건네받은 후에야, 멈췄던 시공간이 다시 흐르기 시작했다. 그제야 체육대회의 익숙한 환호성과 탄식이 귀를 뚫고 들어왔다.

시공간이 멈춘 듯한 경험은 살면서 두 번 정도 경험했는데, 모두 너

와 나로서 마주한 순간이었다. 하루는, 밤 11시 40분 야간 자율학습이 끝날 시각에 자율학습실 1층에서 선도를 서야 하는 날이었다. 말만 거창할 뿐, 끝나기 3분 전 이미 가방을 싸놓은 학생들이 신나게 뛰어 내려오다 1층 지압판 바닥에 코를 박는 일이 없는지 확인하는 의례적인 학생회 업무였다. 난 늦은 시간까지 야자를 한 데다 시험도 2주 정도밖에 남지 않아 힘든 마음에 바닥만 내리 쳐다보고 있었다. 그렇게 10분이 지나고 마지막 한 명이 내려왔다. 그런데 어떤 발이 내 시야에 머물러 나를 향해 계속 우두커니 서 있는 것이다. 한 동안 그 발을 아무 생각 없이 가만히 쳐다보다, 이상한 걸 알아챈 나는 그제야 고개를 들었고, 그 앞엔 알 수 없게도 다시 네가, 내가 좋아하는 너로 있었다. 너와 단독으로 있는 상황에서 자정이 되기 십 분 전의 묵직하고 습윤한 공기까지 더해지니 말 그대로 심장이 터질 것 같았다. 초신성이 폭발한다면 이 심장처럼 뜨겁고 반짝일까, 찰나 생각해보았다.

"고생하네."

너의 이 한마디에, 나는 대답으로 "좋아해."라고 하는 대신 그저 옅은 웃음을 지어 보였다. 이처럼 너는 내가 힘들 때 언제나 내 앞에 나타났다. 자작하게 졸여졌다고 생각한 내 마음이, 실은 줄어든 게 아니라 짙어진 것이었다.

***

여름방학이 지나고, 내가 활동하고 있던 문예 창작 동아리에 우연으로 네가 들어오게 되었다. 우리 학교에서 문과생이 이과생과 한 동아리인 경우는 극히 드물었기에, 너와 같은 동아리에 드는 건 일절 꿈도 꾸지 않던 것이었다.

네가 들어온다는 소식을 들은 밤, 우리 부원 7명은 처음으로 이과생이 들어온다며 '신입 부원 환영회'라는 명목하에 야간 자율학습에서 도망쳐 나와 학교 건물 뒤편 벤치로 널 불러냈다. 공부하다 엉겁결에 불려 나온 너는 눈에 보이는 가장 가까운 벤치 의자에 걸터앉았고, 어쩌다 바로 옆자리에 앉아 있었던 나는 어둑한 밤하늘과 구름 뒤로 숨은 달에 연거푸 감사했다. 난 조금만 뛰거나 긴장해도 정수리부터 발끝까지 쉬이 화끈거리는데, 그날 밤의 바람은 아랑곳없이 선선해서 도무지 덥다는 핑계를 댈 수 없었기 때문이다. 나는 들숨과 날숨을 최대한 아끼며 내 몸이 너에게 닿지 않도록 한껏 몸을 움츠렸다. 내 살갗이 너의 것과 맞붙으면, 네가 꼭 데일 수도 있겠다 싶었기 때문이다.

한 번은 동아리에서 '달에 비를 내리다'라는 주제로 시를 쓰는 활동이 있었는데, 너는 다음과 같은 시를 썼다.

몇 계절 전, 그때의 시간을 옆에 두고
저 멀리서 세상을 환하게 밝히는 달을 보며 미소를 지어.
다만, 빛 사이사이 보이는 크레이터가 내게는 더 자세히 보이고,
또, 상처 사이사이 메마른 달의 피부가 내게는 더 가까이 느껴져.
따뜻한 대기도 없는 것이, 혼자서 그 수많은 운석을 어떻게 감당했을까.
라는 나의 걱정이 달에게 포근한 구름을 안겨주고 비를 내리게 해.

그래. 멀리서라도 너의 빛 한줄기가 되어줄 수 있도록, 나 또한 밝게 빛나는 별이 되어 볼게.

내가 몇 계절 전 보냈던 익명의 메시지가 떠오르면서 마치 답장의 느낌을 받았다. 물론 나를 고려하고 쓴 것이 전혀 아니었지만, 한동안 그 시 한 편으로 정말 행복할 수 있었다. 당시 너는 자연 계열 2등, 나는 인문 계열 2등을 하며 열심히 각자의 목표를 향해 달려 나가고 있었다. 이런 나를 답답하게 본 친구들은 서울에 있는 좋은 대학 가면 멋진 남자 많다고 그랬는데, 지구, 아니 은하계 어디를 가도 너 이상의 사람은 찾기 힘들 것 같다고 믿었다. 이전까지 누굴 좋아한다는 건 너무 부끄러운 일이라고 생각했고, 내가 좋아하는 상대가 날 좋아하지 않는다는 건 불운한 일이라 여겼는데 너를 좋아하다 보니 부끄럽지도 않고 불운하지도 않았다. 너를 좋아하는 내가 좋았고 너를 좋아할 수 있게 돼서 감사했다.

3학년에 올라간 뒤에도, 내 목표는 한결같이 'K대에 합격해서 당당히 너에게 고백하기'였다. 플래너에 큼지막이 적어놓은 이 문구는 굉장한 공부 동기가 되었다. 그러나 내가 바랐던 건 순전히 내가 스스로 만족스러운 대학에 합격하는 것이었는데, 너와 같은 대학에 가게 될 줄은 일념의 기대도 하지 않았던 것이었는데…….

한국에 있는 그 수많은 대학 중, 나는 운명의 장난으로 너와 같이 K대에 입학하게 되었다.

***

정경관 후문 약국에서 창밖 대각선 횡단보도로 어지럽게 이동하는 사람들을 멍하니 구경하다 너를 발견하는 일은 그날 일기에 적힐 만한 기분 좋은 일이었다. 한 번은 근처 카페에서 팀플을 하고 있는데,

탁상 위에 놓인 핸드폰이 진동하며 너의 이름 석 자가 발신자로 표시되었다. 나는 어안이 벙벙하여 핸드폰 액정을 한참 바라보다 전화를 받았다.

"여보세요?"

"고개 들어 봐."

고개를 들었을 때, 너는 흰색 맨투맨에 검정 코트를 반듯하게 차려입은 채 핸드폰을 잡지 않은 다른 손을 흔들고 있었다. 교복이 참 잘 어울리던 너였는데, 이제 정말 누가 봐도 대학생이 되었구나.

"여기 왜 왔어?"

"나 친구 만나러. 너는?"

"난…. 팀플하러……."

나는 언제나 그렇듯 멍청한 말만 늘어놓으며 황급히 잘 가라는 말로 전화를 마무리했다. '팀플 끝나고 잠깐 얼굴 볼래?'라든가, 썩 괜찮은

멘트는 늘 심박수가 원래대로 돌아오고 나서야 떠오르는 게 참 안타까웠다. 마치 2년 전 운동장에서, 핸드폰을 주워주는 너에게 공을 좀 같이 들어달라고 말하지 못했던 걸 후회했듯이. 늘 멍청하게 너와의 소중한 몇 마디와 몇 걸음을 놓치는 내가 답답했다.

네가 시야에서 사라진 후에도 팀플에는 좀처럼 집중할 수 없었다. 네 전화를 바로 받지 않고 한참을 골똘히 들여다보는 날 보며, 네가 무슨 생각을 했을지 내리 신경 쓰였다. 팀플이 끝나고 짐을 챙기는 척하며 슬쩍 주위를 두리번거렸으나, 너는 이미 간 듯했다. 가기 전에 인사라도 한번 해 주지. 너와 전화 너머로 대화한 거리 4m, 아무래도 우린 딱 그 거리인 듯했다.

같은 대학에 입학한 고등학교 동창들 3명까지 다 함께 어울려 우리는 종종 술을 마셨다. 그 몇 번의 술자리 동안 너는 두 번의 연애를 시작했고 두 번의 이별을 겪었다. 네가 연애를 시작할 때마다 내 우주는 무너져 내렸지만, 너의 이별 소식을 듣고 나면 바보 같게도 또다시 헛된 기대를 품고 동창 술자리에 나갔다.

그렇게 백일몽을 꾸고 있을 2019년 5월 끝자락에, 너는 나를 너희과 주점에 초대했다. 다른 동창들과 함께가 아닌, 대학에 합격하고 처음으로 너와 단독으로 만나게 된 것이다. 그날이 나의 3년 넘는 짝사랑의 서사가 어떻게든 결실을 보는 날이라는 직감에, 나는 설레지만 초연한 마음을 안고 널 만나러 갔다. 그때 이미 시간은 밤 10시와 11시 사이 그 어딘가였다. 주점은 한창 시끄럽게 붐비고 있었고, 너는 2인석 테이블을 잡아 아무렇지 않게 술과 안주를 시켰다. 너도 들뜬 주점 분위기에 덩달아 신났는지, 하이파이브 따위의 스킨십을 아무렇지 않게 했다. 나에겐 아무렇지 않은 것이 아니었기에 네가 잠시 과 동기와 이야기를 나눌 때 몰래 내 볼을 꼬집어보았다. 당연하게도 아팠다.

그러던 중, 눈치 없는 고등학교 동창이 다른 곳에서 소주 두 병을 연거푸 마시고 우리 테이블로 찾아왔다. 어쩔 수 없이 같이 마시다가 서빙을 하던 너의 과 동기들도 합석하게 되었다. 이미 얼굴에 도연한 빛이 감돈 너의 친구들과 우리 고등학교 동창은 자신들에 비해 다소 멀쩡해 보이는 너에게 술을 강권하기 시작했다. 나는 네가 그리 속수무책으로 휘둘리는 모습이 처음이라, 늘 나에게 완벽했던 너의 인간적인 면모를 보게 되어 조용히, 흥미롭게 바라보았다.

그렇게 바라보다 너와 눈이 맞아 황급히 다른 곳으로 눈을 돌리다, 여전히 시선이 느껴져 다시 너와 눈을 맞췄다. 그러자 넌 입 모양으로 '칵테일 마시러 갈래'라며 나에게 넌지시 물어오는 것이었다. 나는 조용히 고개를 끄덕이고 화장실에 가는 척하며 일어났고 너도 날 바래다주는 척하며 자연스레 자리를 떠났다. -다음 날 아침에 고등학교 동창이 술 취한 자신을 버리고 갔다며 문자로 비난을 퍼부었는데, 이 친구가 정말 눈치가 없었다는 걸 깨닫고 오히려 화를 삭였다- 그때 시각은 이미 새벽 한 시에 기울어있었다. 근처 칵테일바에 가서 피나 콜라다와 블루하와이를 시키고, 너는 취했다는 혼잣말만 연거푸 늘어놓았다. 네가 시킨 블루하와이를 보고 널 처음 만난 시상식 날 네가 고속버스터미널에서 시켰던 블루레모네이드가 생각나면서, 나는 문득 너에게 오늘 주점에 초대한 이유를 물었고 너는 그저 야속하게도 모르겠다고 답했다.

그렇게 한 시간 정도 있다 나왔고 너는 내가 사양해도 굳이 기숙사까지 데려다주겠다 했다. 뒤에서 차가 올 때 내 어깨를 잡고 네 쪽으로 끌어줄 때, 어차피 술에서 깨면 나만 기억할 것이라며 애써 마음을 진정시켰다. 기숙사에 도착해서 너는 조금 쉬고 가야겠다고 했고, 기숙사 앞 벤치에 나란히 앉았다. 난 하나도 취하지 않았지만 너는 상당히 취한, 조금 경계를 푼 이 상황의 도움을 빌려 나는 한참의 고민 끝에 무겁게 입을 열었다.

"너도 내가 고등학교 때 너 좋아했던 거 알았지."

너는 상체를 구부린 채로 잠시 주춤하다 이내 조용히 고개를 끄덕였다. 실은 모를 수 없었다. 남녀 분반이어서 누가 누굴 좋아한다는 소문은 제일 흥미로운 가십거리였고, 특히 기숙사 학교여서 한 번 소문이 퍼지면 자고 있는 아이의 귓속에도 흘러 들어갔으니까. 하물며 네 고3 담임 선생님도 내가 널 좋아하는 걸 알고 계셨고, '이번에 포스텍 예비 안 빠지면, 너랑 같은 대학 갈 수도 있겠다'라며 너스레를 떠셨으니 말 다 했다.

"나 궁금해서 그러는데, 그때 너는 어떤 감정이었어?"

"미안… 했지. 그리고 영광이었어."

"그런데 그럼 넌 나 안 불편해?"

"불편할… 뻔했지."

"그럼 지금은 편해?"

"응. 지금은 편해."

4년 동안 하고 싶었던 말이 허무할 정도로 단숨에 공기 중으로 흩날렸다. 그러나 이상하게도 허무한 마음보다 후련한 마음이 더 컸다. 어쩌면 4년 동안 하고 싶었던 말이 아니라, 4년 동안 외면해왔던 말이 아니었을까. 돌아올 대답을 난 이미 예상했을지도 모른다. 이미 예상한 게 확실했으나 지난 시간의 나를 위한 배려로 일말의 여지를 남겨두었던 것일지도 모른다. 나는 또, 네가 불편하지 않길 바라며 구태여 마음에 없는 말을 꺼냈다.

"그럼 나랑 짱친 할래?"

다시 생각해도 유치하고 어이없는 말이다. 취해서 고개를 들지도 못하는 너와 주먹 하이파이브를 하고, 날이 밝아오는 5시에 이르러 우리는 자리에서 일어났다. 주점에서 내 치마에 두르라며 준 너의 외투를 입고 있었는데, 헤어질 때 벗어주려 하자 너는 굳이 다음에 주라고 하고 되돌아갔다. 열 발자국만 걸어가면 기숙사였는데, 네가 가져가지 않은 외투 때문에 나는 나의 마음을 정리하는 길을 열 발자국 더 되돌아 이르러야만 했다.

***

그해 첫눈은

예고 없이 찾아왔다

나직한 눈의 음색에 취해

조금씩 젖어든 외투처럼

어느덧 그렇게

첫눈에 반했다

12월 어느 날 불현듯 내려와

전부가 되어버린

그 해의 첫눈이자

나의 모든 순간의 첫눈이었다

움켜쥔 손에 하릴없이 바스러지는 결정은

늑골을 분지르는 아픔이었고

으깨진 심장을 눈 속에 파묻자

붉은 성에꽃이 피어났다

지독히도 따뜻했기에

눈물은 녹아내려 색을 잃고

이따금 슬픈 눈물과 섞이며

대신 나는 은하수를 한 줌 떠다

소복한 눈 위에 흩뿌렸다

오늘처럼 아픈 하늘

몇 번이고 내리는 눈을 보며

한 번쯤 너를 그리고 싶다

모네가 카미유를 사랑한 딱 그 정도의 온기

만큼

너를 그리워한다

영면하는 카미유의 색채는

첫눈을 닮았다

　2018년 12월에 너를 그리며 썼던 시다. 너를 좋아한 이후로, 내가
썼던 산문과 시의 주제는 늘 너였다. 교내 영어 에세이 대회에서 너
에 대해 산발적으로 떠오르는 생각을 되지도 않는 영어로 휘갈겨 최

우수상을 받았고,-다행히 학교 본관 로비에 전시되지는 않았다- 백일장 시 대회에 나가 너를 주제로 산문을 써 최우수상을 받았으며, 연달아 시 대표로 백일장 도 대회에 나가 제시어에 너를 부제로 곁들여-실은 너를 주제로 제시어를 곁들여-거듭 수상했다. 한때 작가를 꿈꿨던 나는, 지금도 열렬히 글을 쓰고 싶어 하는 나는 너로 하여금 '좋은 글'의 의미를 깨닫게 되었다. 문장이 수려하고 각종 현학적인 어휘를 때려 박은 글을 좋아했던 나는, 너로 비로소 토악질하듯 마음을 쏟아낸 글이 비록 보기에 서툴지라도 내가 가장 잘 쓸 수 있는 글임을 깨달았다.

이 글을 쓰는 나는 지금 200일 넘은 남자친구가 있다. 그리고 지금 신병 위로 휴가를 나온 남자친구를 보러 가는 지하철 안이다. 원래 K대 대나무숲에 올라옴 직한 글을 보면 대부분 이 남자친구의 정체는 '너'로서 끝나는 것이 일반적이지만, 너의 정체는 지금으로서 여전히 그냥 친구이자, 좀 더 친근하게 표현하자면 '고등학교 동창 대학 친구'이다. 난 지금의 남자친구를 정말 사랑하고, 그도 날 정말 사랑해 준다. 나는 앞서 말했듯, 더는 너를 좋아하는 것만큼 누군가를 좋아할 수 없을 거라 생각했다. 비록 살아온 지 얼마 안 됐지만, 누군가를 마음을 다해 좋아해 본 건 네가 처음이었다는 사실은 변함이 없다. 그리고 그 처음이 다름 아닌 너여서 감사하다.

얼마 전에 깨달은 사실인데, 내가 지금껏 너를 그저 '너'라 부른 이유는, 여태 네가 내 앞에서 내 이름을 부른 적도, 내가 네 앞에서 네 이름을 부른 적도 없기 때문이었다. 어떻게 그럴 수 있나 싶겠지만 사실 생각해보면 대수도 아니었다. 내가 널 담을 말이 없듯이, 너도 날 담을 말이 없었겠지. 그러나 난 부를 수 없는 너의 이름을 참 좋아했다. 너의 이름 끝에 위치한 '명'이란 글자가, 明(밝을 명)이라 짐작한 후로 너는 늘 나의 달이었다. 그 자체로 해를 품고 있어 언제나 빛을 잃지 않는 달. 그러나 나중에 銘(새길 명)이었다는 걸 알게 된 후에도, 네가 나의 달이라는 건 변함이 없었다.

너의 생일에 친구를 통해 익명으로 선물을 전해주었던 기억도, 점심시간에 괜히 학교 산책로를 걸으며 운동장에서 공을 차는 너의 발만 좇았던 기억도, 자율학습실에서 네가 복도 책상에 나와 공부하면 나 역시 멀리 떨어진 복도 책상에서 숨죽여 공부했던-사실 공부에는 거의 집중하지 못했던-기억도, 우리 지역에서 멀리 떨어진 어느 역 서점에서 널 우연히 마주했던 기억도. 그저 다른 고등학교 추억들처럼 가벼운 술안주로 삼기에 너무도 소중해서, 마지막으로 이 흰색 도면에 물들인다. 이번을 끝으로, 몇 계절 전 그때의 시간을 옆에 두고 저 멀리서 세상을 환하게 밝히는 달을 그리며 미소를 지어본다.

나는 이 노트북을 덮은 이후로, 너에 대한 글을 다신 쓰지 않기로 다짐한다. 이 글을 마지막으로, 다시는 종이에 달을 새기는 일(銘明)을 하지 않기로 다짐한다. 실은 이 글을 쓰기 전부터 다짐했으며, 정확히 말하자면 다짐하기 위해 이 글을 썼던 것이다. 구태여 너를 그리는 글을 쓰려 펜을 잡지 않을 것이다. 하지만 길을 걷다 우연히 '첫사랑'이라는 단어를 마주하게 된다면, 불가항력적으로 너를 떠올리게 될 것에 미리 양해를 구한다. 그리고 어쩌면 너의 의사 없이 멋대로 다짐하고 써 내려간 이 글에 대해 미리 양해를 구하지 못한 점은 많이 미안하다.

이토록 탈고하기 망설여지는 글은 처음이라, 자꾸만 생각이 생각을 물고 늘어지며 끝내기를 아쉬워하는 내 모습은 참 여전히 어수룩하다. 못 담은 기억이 많고, 하고 싶은 말이 차고 넘치지만 이제는 왠지 그만해야 할 것 같은 느낌이다. 이제는, 정말로 그만해야 한다는 것을 안다. 지금은 여의도역이고, 흑석역에 도착할 때까지만, 딱 그때까지만 붙잡을게.

고마웠어. 미리 안녕.

박병현

낭만과 현실의 경계에서 주로 낭만을 선택하는 사람.
항상 낭만의 편에 서진 않지만 그래서 더 낭만을 좇는
21세기 마지막 낭만주의자.
평소 펜을 들고 다니며 새하얀 종이 위에 글을 쓰지는 않지만,
무언가 느끼는 것이 있다면 살짝 구겨진 이면지 위에라도
느낌을 끄적여본다.
그런 내 느낌이 누군가의 가치가 되는 것을 목표로 살고 있다.
추억을 먹고 살며 기록으로 기억한다.

그렇기에
누구보다 추억이 가지는 힘을 믿고
누구나 공감할 수 있는 문장 한 줄을 위해

또 그 구겨진 이면지 위에 볼펜을 맞대보는 사람.

『하나, 둘, 셋 그리고 꿈』

"꿈이 뭐니?"

지겹도록 들었던 그 질문의 정답을 아직도 찾지 못했다.

앞으로 보게 될 글은 그 질문에 대한 정답이나 해설집이 아니라, 한 청춘이 그 질문에 대한 정답을 찾으려다가, 결국 그 질문으로 돌아가는 과정을 담았다.

꿈은 어쩌면 고체다. 그 형태가 정해져 있는 꿈 덕에, 우리는 그 꿈을 향한 길을 닦고 실력을 기른다.

꿈은 어쩌면 액체다. 그 형태가 담아내는 사람에 따라 다르기에, 같은 꿈을 꾸는 사람이더라도 각자 다르게 그 꿈에 다가가기 위해 노력한다.

꿈은 어쩌면 기체다. 그 형태가 없기에, 꿈꾸지 못하고 내버려 두게 된다면 사라져 버린다.

이렇듯 너무나도 다르고 큰 단어 우리의 '꿈'.

꿈꾸지 않고 이뤄내라고 하는 현실 속에서

나 어쩌면 우리가 처음 꾼 꿈이 무엇인가에 대하여.

하나, 둘, 셋 그리고 꿈

"꿈이 뭐니?"

아마 한글을 뗀 이후로 가장 많이 들어본 질문이 아닐까? 이런 지루한 질문에 늘 친구들은 "저의 장래희망은 OOO입니다."라는 지긋한 형식으로 대답해왔다. 그러나, 나의 꿈은 늘 달랐다. 그래서 초등학교시절, 나는 장래희망을 말하는 시간에, "저의 장래희망은 늘 다릅니다."라고 답하기도 했다. 그 이야기를 들은 선생님은, 고개를 푹 숙이며 웃음을 참으시다가 모르겠다고 하는 것보다 낫다며 웃어넘기시고는 하셨다. 하고 싶은 게 많았던 나는 드라마 속 주인공의 직업, 멋진 위인들의 직업들이 공개될 때마다 그 일을 하고 싶다고 생각했지만 그다지 큰 행동으로 옮기는 일은 없었다. 아마도 꿈보다는 동경에 가까웠던 것 같다. 할아버지의 오랜 꿈을 들을 때도, 장래희망을 매학기 적을 때에도, 흥미를 넘어서 나의 가슴을 뛰게 하는 꿈은 없었다. '어떻게 하면 그 네모난 칸에 나의 재치를 담을 수 있을까?' 하는 궁금증 정도로 나는 '꿈'이라는 단어를 색칠해왔다.

첫 번째 꿈: 나는 그냥 유럽으로 갔다.

그러던 중, 2013년이었나? 여느 때와 다름없이 역대급 폭염이 이어지던 어느 여름날 그 당시에는 이렇게나 대중적이지 않았던 유튜브를 통해, 여행 영상이라는 것을 처음 접했다. 요즈음처럼 누구나 유튜브에 업로드를 하던 시기가 아니었던 탓에, 허술한 촬영 구도와 꾸며지지 않은 그 형들의 우스꽝스러운 행동은 너무나도 어색해 보였다. 하지만 자기 몸집보다 큰 배낭, 유럽 거리 어디든 앉아서 모르는 이와 하는 손 인사, 랜드마크 아래 불리는 노래와 그 속에 녹여진 그 형들의 표정이 너무 행복해 보였다. 그 이전까지 내가 느꼈던 '하루 보고 사라질' 그런 감정과는 달랐다. 단순히 멋있다는 동경에서 머물지 않고, 그 상황에 나를 계속해서 이입했다. 그리고 머나먼 스물이라는 나이의 내가 거닐 유럽의 뒷골목을 상상하며 닳도록 그 영상을 보곤 했다. 그렇게 영상 속 BGM으로 깔렸던 딕펑스의 'VIVA 청춘'의 가사를 다 외워갈 때쯤, 나는 2018년 1월 1일, 스물이 되었다.

2018년 7월 4일, 나는 내가 보았던 영상 속 형들처럼 내 몸집보다 큰 배낭을 메고는 로마로 떠났다. 돈이 없던 탓에 상대적으로 저렴한 왕복 비행기를 결제했고, 유럽의 여름은 뜨거웠다. 뭐 '우리의 청춘은 뜨거웠다'와 같은 비유적 표현이 아니라 정말 뜨거웠다. 무더위 속 이탈리아의 젤라또 아이스크림은 나를 유혹했지만, 돈이 없던 나는 그 앞에서 한참을 바라보기만 했다. 그런 내가 안쓰러웠는지 그 젤라또 집 주인장은 작은 티스푼으로 내게 한입을 건네주었다. 화장실이 유료였던 탓에 생수도 목을 축일 정도로만 마셔야 했다. 이동 중에는 소매치기의 두려움에 가방을 몸에 붙여 움츠려 걸어야 했다. 유럽의 지하철은 생각보다 더러웠고 낭만적인 공연은 듣고 박수를 크게 치기라도 하면 돈을 갈취당하기 일쑤였다. 하지만 행복했다. 어색한 영어와 큰 몸짓으로 모르는 이들과 소통하고, 연착이 취미인 유럽의 기차역에 배낭을 침대 삼아 드러누워 낮잠을 청해보는 일이 즐거웠다. 기념품은 사지 못했지만, 들어갔던 미술관의 티켓이나 지하철 표를 꼬깃꼬깃 구겨 배낭 한편에 남겨두었다. 이름도, 품종도 알지 못하는 와인과 샴페인이지만, "이곳은 파리이니까."라는 말을 되새기며 대형마트에 들려 가장 싼 샴페인을 사서는 에펠탑을 한참이나 바라보았다. 월드컵이 한창이던 당시 유럽에서 '독일을 이긴 녀석들'이 되어버린 나는 꽤 눈치를 봐야 했고, 보며 독일말로 적혀진 코인빨래 방에서 빨래를 돌리며 남은 월드컵을 즐겼다. 너무 맛이 없던 영국의 음식 속 먹었던 불고기덮밥은 내 여행에서 가장 비싼 음식이었지만 달콤했다. 알프스에는 하이디 대신 한국 산악회의 김영희 씨가 더 많았지만, 구름이 걷힌 그날 알프스의 정상에서 한국말로 대화하는 경험을 누가 해볼까 하며 또 걸었다. 그렇게 7월의 마지막 날, 나는 나의 첫 번째 꿈을 이룬 채 한국에 도착했다.

꼬깃꼬깃 모아둔 티켓과 촌스러운 필터로 찍어낸 사진들을 집에 와 방 한편에 모아두고, 몸집보다 큰 배낭을 창고에 올려두고 침대에 누웠다. 샌들 자국대로 그을린 내 발은 아직 돌아오지 못했고, 미처 시차에 적응하지 못한 나는 해가 중천에 떠야 암막 커튼에 의지해 겨우 잠이 들었다. 막연했던 그 첫 번째 꿈을 여름의 유럽으로 이뤄낸 나는, 이 이야기를 유럽의 거리에서 지독하게도 들었던 'VIVA 청춘'이라는 노래 안에 저장한다. 한 번 이뤄낸 꿈은 나를 끝없이 정의할 힘을 준다. 노래 속 가사처럼 '반짝여라 젊은 날, 반짝여라 내 청춘, VIVA!'

두 번째 꿈: 8월 7일이라는 하루의 꿈

유럽 배낭여행이라는 나의 첫 번째 꿈을 이룬 뒤, 나는 방황했다. 여느 야구팀이 우승 이후 특정한 목표 의식 없이 부진을 거듭하듯, 나 또한 다음 꿈을 찾지 못한 채 기억하지 못하는 하루들로 몇 개의 계절을 채웠다. 그렇게 흐릿한 계절들을 보내고 나니, 내 앞에는 입대라는 관문이 놓여있었다. 그렇다. 나도 군대에 가게 된 것이다. 건강한 20대 남성이라면 누구나 다녀와야 하는 그곳, 군대에 말이다. 사실 입대 2주 전 친구들과 마지막 술자리를 할 때도, 1주 전 이등병의 편지를 불러대는 친구들의 아우성에도, 전날 머리를 밀 때도, 아침에 일어나 훈련소로 향하며 양념갈비를 먹을 때에도 나는 내가 군대에 간다는 것을 체감하지 못했다. 그러나 내가 가족과 포옹하며 훈련소에 첫발을 내디딘 순간, 나를 반겨주던 건 친절한 웃음의 선생님이 아니었다. 그을린 피부, 색 바랜 빨간 모자. 그렇다, 그들은 조교였다. 큰 불호령 같은 목소리에 내 몸은 리듬을 맞춰 춤을 추듯 빠르게 움직였다. 이름 대신 77번으로 불렸고, 부족한 샤워시간 탓에 고인 물로 몸을 씻었다. 사회에서 새벽에나 잠을 청하던 나이기에 첫날, 잠은 오지 않았다. 이곳 생활에 익숙해질 때쯤, 첫 전화를 할 수 있었다. 싱글벙글 웃다가 수화기 너머 어머니의 부름에 눈물을 쏟을 뻔하며 군대에 온 것을 체감했다. 그렇게 어머니의 부름을 동기부여 삼아 뭐든지 열심히 해냈다. 목소리가 큰 나지만, 체력이 부족한 나라서 민폐가 되지 않기 위해 열심히 참여했다. 점점 까매지는 피부와 함께 성장하는 느낌이었다. 4월의 인제에 아직 봄은 오지 않았지만 애써 따뜻한 날씨가 찾아오면 봄이라고 웃어댔다.

그렇게 하루하루를 보내던 어느 날 조교 지원자를 받는다는 공고를 확인했다. 하고 싶었다. 수많은 훈련병, 마이크 하나 없이 목소리로 그들을 휘어잡고, 인솔한다. 각진 자세와 시범, 그들을 맞이한 순간부터 나는 조교를 꿈꿨다. 그러나 평균을 맴도는 키와 약한 체력. 아무리 생각해도 나는 조교라는 직책과 거리가 있어 보였다. 그러나 왜일까. 자신 있게 손을 들어 지원했다. 고개를 갸우뚱하는 조교분대장과 함께 차가운 적막이 맴돌았다. 조교는 모든 인원을 통솔하는 직책으로 누구보다 우수해야 한다는 말을 듣고는, 목표가 생겼다. 나는 최고가 되어 이 훈련소에서 나가겠다고 다짐했다. 매일 편지를 쓰고 쉬는 시간마다 그 좁은 침상에 걸쳐 무작정 운동했다. 그 작은 교본으로 다음 훈련을 예습하고, 아침 뜀걸음마다 피를 삼키며 맨 앞에서 뛰었다. 그러던 중 나의 담당 조교분대장은 장난 반 진담 반으로, 이번 체력평가에서 전체 5등 안에 들어온다면 추천서를 작성해 주겠다 하였다. 큰 목소리로 대답했지만, 자신은 없었다. 대망의 체력평가 날, 무작정 뛰었다. 눈앞에 초점이 흐려지고 옆구리가 아려왔지만, 조교가 된 나를 상상하며 앞으로 발을 내디뎠다. 내 앞과 뒤에 누가 있는지 구분도 하지 못하고 숨을 헐떡일 때쯤, 나는 뜀박질을 마쳤다. 피를 삼키고 정신을 차리려 고개를 드는 순간 동기들은 나를 끌어안으며 4등이라고 외쳤다. 그렇다. 4등이었다. 메달도 없는 4등이지만 너무 기뻤다. 그렇게 우수한 성적을 받아 면접장에 들어갈 수 있었다. 내 장점이 무엇이냐는 질문에는 훈련소 이전, 흐릿하게 보낸 탓에 그토록 그리워했던 사계절에 나를 담아 대답했다. 봄 같은 따스함, 여름의 열정, 가을의 낙엽도 쓰러지게 하는 발성과 겨울의 냉철함을 가진 나는, 새싹이라는 훈련병을 군인이라는 꽃으로 피워낼 수 있다고 답했다. 모두가 답변을 들은 뒤 수긍할 때, 그 뒤에서 내 담당 조교 분대장은 추천서를 한쪽 손에 쥔 채, 웃고 있었다. 그렇게 나는 조교가 되었다.

조교가 되었다고 꿈이 이뤄진 것은 아니었다. 정확히 내 꿈은 조교로 이 지긋해 보이는 군 생활을 마무리하는 것이었다. 훈련병 중 뛰어난 성적일 수는 있지만, 모두 그런 과정을 통해 뽑힌 내 선임들은 더욱 엄청났다. 내가 할 수 있는 것은 그들과 빠르게 닮아가는 것이었다. 매일 그들에게 인정받기 위해 노력했다. 아직은 색이 바래지 않은 빨간 내 조교모지만, 언젠간 그들의 조교모처럼 내 조교모도 내 열정에 빛바랜 붉은 색이 되길 기대했다. 그렇게 뜨거운 여름을 보냈다. 어느새인가 내 피부도 그들처럼 검게 그을렸다. 후임들도 생기고, 어느덧 점점 내 조교 생활도 자리를 잡아가는 듯싶었다. 그렇게 첫 번째 훈련병들과 함께 첫 번째 생일을 보낼 때에는 푸른 잎이 빨갛게 올라오고 있었다. 첫 근무를 함께 했던 말년 병장은 막내인 나에게, '국방부 시계는 거꾸로라도 간다'라는 편지와 함께 떠

낫다. 그를 보낼 때는 꽤나 높게 펼친 구름이 하루를 채우고 있었다. 그렇게 나는 점점 TV와 가까운 자리로, 훈련병들이 익숙한 나로 성장하고 있었다.

인제의 겨울은 추웠다. 아니 정확히 말하면 혹독했다. 영하 25도가 넘는 추위에 그렇게도 눈이 왔다. 조교모 위, 눈과 함께 쌓인 추억들을 쓸어 보내다 보니 우스꽝스럽게도 멀게 느껴지던 전역의 해가 밝았다. 밝아진 전역의 해는 나로 하여금 책임감을 느끼게 했다. 단순한 나 하나의 책임감보다는, 나를 지켜보는 후임들의 본보기가 되기 위한 말하자면 막중한 책임감이었다. 그들에게 무언가 알려주기 위해서는 나 또한 모든 것에 당당하고 완벽해야 했다. 그런 나를 가꾸면서 또 한편으론 그들과 함께 겨울을 부대끼며 보냈다. 그렇게 꽃이 피지 않을 것 같던 인제에도 꽃 한 송이가 피어났다. 그렇게 봄을 맞이했다. 하나둘 막내 시절부터 몸을 부대며 지내던 선임들을 보내고 나니, 내 앞에는 아무도 남아 있지 않았다. 언제부터인가 그들을 떠나보낼 때면, 다음은 나라는 생각이 들기 시작했던 것 같다. 초여름에는 괜히 다가올 내 전역 날을 계산하며 후임들과 동기들의 부러움을 샀지만, 아직 멀었다며 나의 열정을 계속 불태웠다. 그렇게 지난해에 비해 비가 적게 온다며 인제 날씨에 익숙해질 때쯤 나는, 2021년 8월 7일, 굳게 달혀있다고 믿었던 그 철문을 열었다. 여기 온 첫

날처럼 늦게까지 잠자리에 들지 못해 밤을 몽땅 새버린 그날, 며칠간 적어 내린 편지들과 함께 막내의 침상 앞에 '국방부의 시계는 거꾸로라도 간다'라는 메모지를 남기고 군복의 지퍼를 올렸다. 후임들과 동기들은 모두 나와 나를 문까지 바래다주었고 날 군대에 보냈던 차 한 대는 다시 철문 밖에서 손을 흔들고 있었다. 마지막 경례를 마치고 후임들과 동기들의 행가래를 받았다. 조금은 길어진 머리와 그을린 피부 그리고 꿈을 안고 나는 전역했다.

한여름 밤의 꿈이었던 것 같다. 평소에는 새벽에도 잠을 청하지 못하는 나인데, 저녁 9시만 되면 다 털지 않은 짧은 머리를 털어대며 하품하고, 과자 하나에 움켜쥐어 사라질 대화들을 그렇게도 곱씹으며 웃어댔다. 손목시계를 차고 다니지 않던 내가, 철문을 나서 시계를 벗자 그 자리만 피부가 하얄 정도로 시계 자국을 몸에 새기고 다녔다. 남들은 이 시간을 낭비라 부른다. 그러나 나는 시간 낭비로 부르고 싶지도, 후회로 남기고 싶지도 않다. 몰래 먹어대던 롯데리아 감자튀김도, 서로 더 추웠다며 툴툴댔던 겨울도, 하나 겨우 핀 벚꽃 나무 옆에 모여 쭈뼛대던 그 날들이 모아준 봄도, 그리고 뚜렷한 꿈 없이 방황하던 내게 꿈을 이뤄준 2021년 8월 7일, 더웠던 그날 아침도. 잊을 수 없다. 후회할 수 없다. 아마 매년 8월 7일에는 이 여름을 기억하며 또 다른 꿈을 꿀 것이다. 새빨간 모자가 추억과 문질러지며 색이 바래졌던 그날들을 후회가 아닌 꿈이라 부르고 싶다. 각자 다른 시간에 이뤄질 꿈을, 같은 시간에 축하해주는 그 이름들 덕분에, 나는 매년 다가올 8월 7일의 꿈을 오늘도 기억한다. 꿈 그리고 끝.

세 번째 꿈: 내가 하고 싶은 것과 내가 해야 하는 것

뭐든 못할 게 없을 것 같은 자신감을 가진 채 사회로 돌아왔다. 하지만 자신감 하나만으로는 녹록지 않은 사회였다. 전역 이후 꼭 해야겠다고 다짐했던 것들은 실패라는 결과물을 낳기 일쑤였고, 그럴 때마다 전역 이후 무언가 계속 보여주고 증명하고 싶은 마음에 사회와 합의한 조건을 나의 꿈이라 합의하곤 했다. 그런 하루가 반복되다 보니 진정 내가 하고 싶었던 일이 무엇인지, 내가 왜 이 과정을 겪고 있는지 잊어버리게 되었다. 그렇게 사회가 내게 제시한 조건을 내가 해야 하는 일이라 정의한 채로 나는 복학을 했다. 복학 이후 미래에 대한 내 꿈은 더 불투명해졌다. 사실상 취업 시장에서 멸종위기종을 선고받은 국어국문학과에 재학 중인 나는 모든 전공수업에 대한 회의감을 가지고 수업을 들었다. 귀감으로 들려야 할 교수님들의 말이 취업과 동떨어진 허황된 아우성으로 들리기만 했다. 막연하게 2학년 시절, 기자라는 꿈을 가지고 신청한 미디어커뮤니케이션 복수전공도 흥미를 이끌어 다양한 관점을 가져다주기보다는 빠르게 끝마치고 싶은 과업처럼 느껴졌다. 몇 남지 않은 동기 녀석들과 세월의 무상함을 푸념하며 건어물집에서 소주 한 잔으로 하루를 달랬고, 꽤나 취한 날에는 자취하는 녀석 방에 누워 다들 엉겨 붙어있다가, 답답한 마음에 천장을 한참 바라보다 잠자리에 들고는 했다. 모든 게 그날 바라본 천장처럼 어두웠다. 아직 군대 한 번 다녀온 24살일 뿐인 내게, 대학이라는 사회는 많은 능력을 요구했다. 예전처럼 도망치지도, 하기 싫다고 안 할 수 있는 위치가 아니었다. 아는 것은 없지만 할 줄 아는 것은 많아야 하는 언짢은 책임감이 계속 내 주변을 맴돌았다. 지하철에 몸을 맡기는 순간부터 학교 수업을 마칠 때까지, 한 번도 벗지 못하는 마스크처럼 답답하게 4월을 맞이했다.

벚꽃 핀 거리에서 눈치를 보며 초점이 흐려진 벚꽃 사진을 막 찍어 대던 4월의 그 날, 교수님께서는 한참 밖을 바라보다가 불현듯 밖에 나가자고 하셨다. 이번 학기를 끝으로 퇴임하시는 교수님이신데, 코로나 이전에는 늘 봄에 벚꽃이 가득할 때면 막걸리 한 잔과 함께 야외수업을 진행하셨다. 21살의 내가 겪었던 그 날의 벚꽃을 24살의 내가 되어 다시 맞이하니 그 날은 기분이 퍽 좋았다. 그렇게 다들 둘러앉아 이야기를 나누었다. 같이 하하 호호 웃던 동기들은 사라졌지만, 내 이름을 기억해주시는 교수님 덕에 나는 기분 좋게 그 날의 벚꽃을 기억할 수 있었다. 그때 교수님께서는, "병현이 너는, 모두가 겪었을 법한 경험에 대해 누구나 공감할 수 있는 글을 잘 쓰는 것 같다."
라며 칭찬을 해주셨다. 복학 이후 아니, 전역 이후 누군가에게 쫓기
듯 살던 내가 받은 첫 칭찬이었다. 이 칭찬은 해야 하는 것들에만 어
설프게 갇혀있던 나를, 하고 싶은 것이 무엇인지 근본적으로 되묻게
만드는 전환점이 되어 주었다. 막걸리 기운에 아직 깨지 못한 나지
만, '누구나 공감할 수 있는 문장을 만드는 것'이 내가 하고 싶은 꿈이
라 다짐한 순간이었다. 그렇게 꿈을 설정한 나는 사회의 조건으로 '
해야 하는 것'이라 정의했던 조건들을 잠시 접어두고 내가 '하고 싶
은 것'을 구체화하기 위해 노력했다. 그렇게 하다 보니 전공과목들
은 내 문장에 영감을 실어주었고, 짐처럼 느껴졌던 복수전공을 들으
면서도 내가 못 하는 것에 주눅이 들지 않을 수 있었다. 비로소 내가
잘할 수 있는 것에서 나를 드러낼 수 있었다. 그러던 중 교수님께서
6월 2일, 퇴임식을 진행한다고 하셨다. 운 좋게 교수님의 퇴임식에
서 퇴임사를 맡아줄 재학생을 찾고 있었고, 나의 재능을 찾아준 교수
님께 진심이 담긴 한 마디를 전해드리고 싶었다. 다음은 내가 작성
한 교수님의 퇴임사 본문이다. (우리 과는 소수과 특성상 교수님이
라는 단어를 쓰지 않고, 더 가까운 유대감과 스승의 의미가 담긴 '선
생님'이란 단어를 썼다)

퇴임사

선생님, 안녕하십니까. 병현입니다. 우선 진심으로 퇴임 축하드립니다! 이상하게 선생님께서 제 눈을 바라보면 긴장이 되고 목이 말라 제대로 말을 하지 못했습니다. 그래서 혹, 퇴임 때까지도 '멋진 말한마디 못 전해 드리나'하고 아쉬웠는데 이 기회를 삼아 말할 수 있게 되어 기쁩니다!

선생님에 관한 이야기를 듣고 긴장감 속 들어갔던 2019년 3월의 한울관 304호가 생각납니다! 긴장된 마음으로 수업을 들었고, 선생님의 물음에 대답을 열심히 하며 3월을 보냈던 거로 기억합니다. 4월의 시작도 긴장 속에 문고리를 열어 맞이한 저였지만, 선생님은 그날 밖을 한참 바라보시더니 밖으로 나가자고 하셨습니다. 저는 '혼나는 것은 아닌가'하는 의구심이 들었지만 그럼에도 밖에 나가 선생님을 기다렸습니다. 노천극장에 다 같이 둘러앉은 저와 제 동기들에게 선생님은 봄을 느껴보라고, 봄을 맡아보라고 하셨습니다. 그 당시에는 또 혼날까 봐 열심히 봄꽃에 얼굴을 들이밀면서 봄을 어떻게 맡는 거냐고 궁시렁댔는데, 지금 와 보니 그 풍경이 봄이었던 것 같습니다. 그렇게 막걸리를 잔뜩 들이켜고 나서는 친구들에게 그 과정을 자랑했던 기억이 납니다.

그 후 수업에서도 한울관 앞 매화의 생김새를 말해주시던 선생님, 무섭지만 저희 이름을 다 알고 불러주시는 선생님 덕에 봄을 배웠습니다. 낭만을 인정하신다는 선생님 말씀에 조금은 막무가내로 햇빛이 구름에 가려 수업에 가지 못한다고, 제 나름의 낭만을 드러내 보기도 했습니다.

너무 즐거웠습니다. 배움이 즐거웠고, 맡기만 했던 냄새를 그리고, 듣기만 했던 소리를 말해보라는 선생님의 가르침이 좋았습니다.

그리고 저는 군대에 입대했습니다.
보시다시피 이렇게 잘 전역해 복학도 했습니다.

선생님께서 말씀하신 봄을 알리던 매화도 사라지고, 선생님과 종강파티라며 술을 마시던 가게도 사라지고, 변한 건 하나 없다며 말하던 제 동기들도 사라지니 어쩐지 허무한 마음에 이렇게 봄을 보내나 했습니다. 그러나 선생님께서 다시 제 봄에 계셔주셨습니다. 더 머리도 희끗희끗해지시고 숨도 거칠어지셨지만, 봄을 바라보는 선생님의 눈은 여전히 제 동경의 대상이었습니다.

다시 후배들과 둘러앉아 선생님과 봄을 즐겨보았습니다. 벚꽃 앞에서 하하 호호 3년 전처럼 웃어보다가, 막걸리를 사 오라는 선생님의 말씀에 후딱 뛰어가 막걸리를 사 오다가 3년 전에 보지 못했던 봄을 보았습니다. 봄을 만끽하는 아이들을 흐뭇하게 바라보시는 선생님의 모습이 제게는 완연한 봄의 한 장면이었습니다.

 다음 봄에는 아쉽지만, 그 봄을 보지 못할 것 같습니다. 그러나 한 울 매화가 저문 그 자리에 장미가 피어오르듯, 저도 누군가의 봄이 되어보겠습니다. 진심으로 퇴임 축하드립니다. 선생님. 봄을 알려주셔서 감사합니다.

여름의 제자 병현 올림.

 불어오는 긴장감에 종이가 전부 구겨질 정도로 꽉 쥐고 있다가, 박수와 함께 글을 마쳤다. 고개를 들자 선생님께서는 벚꽃을 보시던 그 눈으로 나를 바라보고 계셨다. 긴장감에 박수치던 그 표정들을 제대로 보지는 못했지만 쉬는 시간 동안 내 주변으로 달려와 모두 내 글을 칭찬해주었다. 부끄러운 탓에 고개를 돌리고 별거 아니라며 얼버무렸지만, 무척이나 기분이 좋았다. 퇴임식 이후 뒤풀이 자리에서 선생님께서는 다 구겨져 버린 내 종이를 꼭 달라고 하셨다. "나를 그렇게 생각해줘서 고맙다. 그리고 모두가 나를 그렇게 기억할 수 있게 해줘서 너무 고맙다." 조금은 술에 취해 선생님의 뺨은 붉었지만, 그 눈을 잊지 못한다. 나 또한 술에 조금 취해 지하철 끝자리에 운 좋게 앉아 집으로 향했다. 머리를 창문에 기댄 채 많은 생각을 했다.

단순히 글을 잘 쓰는 사람은 나보다 많다. 더 뛰어난 문체와 상상력으로 힘 있는 글을 쓰는 사람도 많다. 그런 사람들 사이에서 내가 당당히 '글을 잘 쓴다'라고 말하는 것은 너무나도 자신감이 떨어지는 일이었다. 항상 내 안에 작은 꿈이 한계에 부딪히는 것을 보았을 때 무너질 나를 걱정하며 꿈을 작게, 그리고 숨겨왔다. 하지만 내 글이 같은 기억을 공유한 사람들을 추억으로 묶어주는 힘을 가졌다고 말해주는 사람이 생겼다. 이름을 밝히지 않고 생각나는 기억을 감정으로 색칠해가던 인스타 부계정도 어느새 80명의 팔로워가 생겼다. 더 큰 무대에서 사람들에게 내 글만이 가진 색을 보여주고 싶어 이번 공모전에도 지원하게 되었다. 내가 가진 글이, 내가 써 내려간 문장이, 모두가 품고 있는 기억의 조각을 추억으로 바꾸는 힘이 있다고 믿는다.

카피라이터. 그날 이후 내 글을 장점으로 승화시킬 수 있는 분야를 생각하다가, 세상 모두와 가장 빠르게 마주칠 수 있는 광고를 떠올렸다. 그 짧은 15초 안에서, 나오는 한 마디의 문장을 만드는 일. 그렇게 만들어진 문장은 대중을 통해 저마다 다르게 해석되고 있다. 하루에도 수백 개의 문장이 사라지기도, 등장하기도 한다. 그 속에서 카피라이터는 기억될 문장을 대중에게 끝없이 묻는다. 정확히 내 꿈을 묻는다면 카피라이터라기보다는, '영원히 사라지지 않는 문장을 만드는 일'일 것이다. 그 과정에서 카피라이터는 꿈을 이루는 좋은 기능이 될 것이다. 비싼 돈을 주고 하는 적성테스트, 전문적인 시스템 아래에서 추천받는 '직업'을 이루기 위해 나를 조각해왔다. 그러다 보니 '장래희망'이라는 틀 안에 가둬진 꿈은 이미 네모 칸에 적어 내려기에 적합한 것으로 바뀌어왔다. 그러나 정작 나를 움직이게 하는 꿈이라는 것은, 술 냄새 가득한 5호선 막차 구석 자리에 기대어서 했던 첫 다짐을 따분한 네모 칸 아래 적는 것이 아니라, 세상이란 공간에 끝없이 그리는 것이었다. 오늘도 난 네모난 그 칸에서 벗어나 둥근 지구를 바탕으로 내 꿈을 색칠한다. '영원히 사라지지 않는 문장', 그리고 나의 문장을 통해 많은 이가 감정을 더 공유하길 바라며.

저마다의 꿈: 꿈을 '꾼다'

"꿈이 뭐니?" 결국, 지루하게 우리를 괴롭혔던 이 질문에 우리는 이제 모른다고만 넘길 수 없는 상황에 놓여있다. 여백으로 가득한 스물이라는 나이에 숫자 몇 개를 채웠을 뿐인데, 우리가 가져야 하는 책임감은 그 배로 우리 등 뒤에 놓인다. 저마다 꿈을 가지고 있다. 그러나 그 꿈들은, 가능성이나 가치를 평가받으며 미완 되거나 부조화로 남겨진다. 그러나 꿈이라는 것은 원래 그렇다. 우리는 언제부터인가 꿈을 성공으로, 그리고 그 과정을 '이뤄냄'으로 생각한다. 꿈을 이룬 청춘을 성공이라 부르고, 꿈을 이루지 못한 청춘에게는 괜찮다고 격려한다. 그리고 꿈의 가치를 평가받지 못하는 청춘들은 철이 없다는 단어로 결박한다. 꿈은 과제가 아니다. 해내거나 이뤄내는 것이 아닌 '꿈꾼다'라는 단어와 가장 어울리는 단어이다.

 꿈꾼다: '속으로 어떤 일이 이루어지기를 은근히 바라거나 뜻을 세우다'라고 나와 있는 이 단어는 결국 미완으로 끝마친다. 이제는 익숙해져 버린 녀석들과 생각 없이 술을 마시며 옛날이야기를 하다가 보면, 결국 꿈에 관한 이야기가 빠질 수 없다. 담배 연기 한 모금과 한숨에 사라질 이야기들을 하다 보면, 녀석들의 꿈은 현실과 풍화작용 한 채로 깎이고 또 깎여서 결국 본인조차 알 수 없는 형태로 놓인다. 처음의 꿈은 온 데 간 데 찾아볼 수 없고, 다시 그 지루한 네모 칸에 적혀질 글씨들을 위한 과정을 말할 뿐이다. 그리고 내 꿈을 말할 차례가 다가와 여러 이야기를 풀어내고 나면, 녀석들의 대답은 늘 이러하다. "병현아, 난 네가 부러워. 난 너처럼 가슴 뛰게 하고 싶은 꿈이 없는 것 같다." 대답을 들은 나는 다시 생각에 빠진다. 내가 꿈에 대해 많은 생각을 한다고 해서 누구보다 뛰어난 것인가? 그것은 절대 아니다. 꿈에는 가치도, 뛰어남도 없다.

녀석들이 그렇게도 거쳐댄 풍화작용을 되돌려보면, 결국 조금 더 취한 녀석의 입에서는 막연한 꿈들이 쏟아진다. 그렇지만 우리라는 청춘은 애석하게도 꿈을 이뤄낼 가능성을 말해버리고 포기한다. 꿈꾼다는 단어가 그저 은근히 바라고 뜻을 세우는 데에만 있는 것인데 말이다. 나도 녀석들과 술자리를 마치고 집에 돌아가는 길에 녀석들처럼 현실적인 '장래희망'을 준비해본다. 여러 채용 사이트에 접속해보기도 하고, 취업에 유리한 공모전과 대외활동들을 나열해보고, 자연스레 내 위치를 파악한 뒤 가능성을 매긴다. 사실 몇 달간은 그러한 과정에 몰입했었다. 막연한 것보다는 구체적인 장래희망이 무언가 나를 안정시키는 느낌이었달까. 그렇게 몇 달 아니 몇 년을 그렇게 쏟아부었다. 이뤄낸 것도 있었고, 해내지 못해 포기한 것도 있었다. 당연히 몇 년 전 다짐의 그 날보다는 내가 로드맵 위에서 더 앞으로 나간 것은 확실했다. 그러나 정작 이 장래희망이 어디로 가는 것인지에 대한 질문에 답하지 못했다. 내가 하고 싶은 것을 잃어버렸다. 다시 술자리에서 녀석들과 앉아 이야기를 했는데, 나도 어느새 네모 칸 안에 갇힌 장래희망을 이루기 위한 과정에 관해 이야기하고 아쉬움을 토로한다. 결국, 그 자리에 꿈꾸는 녀석은 없었고, 나도 이제 현실과 풍화작용 한 채로 나를 깎고 있었다.

다시 집에 가는 길, 버스에 오른다. 몇 년 전 꿈을 놓았던 그 자리에 앉아 생각에 잠긴다. 푸르른 잎도 여전하고, 목 부분이 조금 늘어나긴 했지만, 흰 반팔 티에 구겨진 스니커즈를 신고 온 내 옷차림도 변함이 없다. 조금 깨진 액정 사이로 나오는 지루한 기사와 일렁이는 지표들, 나라는 사람도 그 일렁임 속 하나의 점으로 남겨져 있다. 밀려오는 답답함에 집 앞 한 정거장 전에 일부러 내린다. 답답함에 걷다가 도착한 집에서는 벽에 머리를 기댄 채 한참을 앉아있었다. 그렇게 잘 들어갔냐는 안부 인사를 주고받다가 시작된 녀석들과 추억공유. 구겨진 표정으로 찍어댄 사진들이 뭐 그리 많던지, 고민은 잠시 접어두고 나도 갤러리를 펼쳐본다. 녀석들 사진들을 이리저리 뒤지다가 다시금 찾아낸 내 첫 번째 꿈, 유럽. 37도가 넘어가는 로마의 햇살, 월드컵 우승 느낌 물씬 나는 파리의 거리와 모든 사진, 부정확한 구도와 각도 속 웃고 있는 꿈을 꾸는 나. 그렇게 계속 갤러리를 넘겨본다. 2020년, 코로나가 채 유행하기도 전에 다짐했던 그 꿈. 까까머리를 한 사진이 유독 많은 그 시절. 점점 까매져 가는 피부와 유치하게 길러낸 머리, 그리고 2021년 8월 7일, 드디어 두 번째 꿈. 그렇게 최근까지 갤러리를 넘기다 마주친, 교수님 고별사 이후 찍은 둘의 사진. 그리고는 다시 펼쳐지는 지루한 기사와 일렁이는 지표들. 꿈을 꿨던 나를 마주한다. 꿈꿨던 갤러리 속 나조차 꿈이 무엇인지 모른다. 꿈을 이루지 못한 것에 대해 부담감을 가지지 않는다. 꿈은 목표처럼 해결하는 것이 아닌, 그저 우리 곁에 놓여있는 것이다. 그렇게 놓여있는 꿈은 내가 하고 싶은 일, 내가 해보고 싶은 일과 만나서 꿈꾸게 된다. 그리고 나는 비로소 꿈을 가졌던 추억을 남긴다.

 저마다 다른 꿈을 가진다. 꿈의 크기나 형태가 다를 수 있지만, 꿈을 가지지 않은 사람은 없다. 우리라는 청춘들은 꿈꾸는 것을 두려워한다. 실패의 경험이 될 수도, 평생의 숙제가 될 수도 있는 꿈이기에 그 단어 앞에서 이상하리만큼 조심스럽다. 우리, 그 꿈을 가볍게 생각해보자. 꿈에 도전하고 실패도 해보자. 그러면서 정확히 내가 좋아하는 그 무언가를 찾아, 꿈이라는 단어로 바꿔, 꿈꿔보자. 나는 글을 써 내려가며, 내 지난 꿈들을 돌이켜보았다. 성공하기도, 후회하기도 했다. 이러한 느낌으로 써낸 내 글이 누군가에게 가치가 되길 바라며 마쳤다. 그래서 지금 내 꿈이 뭐냐고 물으면, 느낌이 가치가 되는 사람이 되는 것이라고 말할 것이다. 꿈이라는 단어는 단순하고 추상적일 수도 있고, 성공 여부를 파악할 수 없을지도 모른다. 그러나 우리는 꿈을 꾸는 것 그 자체로 무언가 해내고 싶은 사람이 된다. 매미 소리가 울창해진 지금, 2022년이라는 해도 절반이 지났다. 앞으로 매미가 조용해지고 가까웠던 하늘과 조금 멀어질 때쯤, 익어낸 과일들과 함께 내 꿈을 수확할 날이 올 것이다. 이번 연도의 꿈은 풍년일 것이라 생각하냐고? 모르겠다. 하지만 꿈은 내 계절에서 그렇게 꿈꾸다가 무언가를 피워낼 것이다. 계절이 변하고 스물이라는 글자 뒤 적혀지는 숫자가 늘어나도 우리는 꿈꿀 것이다. 현실적 지표나 그래프가 앞으로의 우리 삶에 더 큰 부분을 차지할지도 모른다. 그러나 모두의 가슴 한편에는 매 순간 바뀌는 그래프보다, 매 순간 나를 설레게 할 무언가가 피어오르고 있다. 우리는 그 무언가를 꿈이라 부르자. 나는 다시금 여러분 그리고 나에게 묻는다.

"꿈이 뭐니?"

엄승화

가쁜 숨에 눈앞이 흐려질 때마다
계절의 흐름을 붙잡고 싶어질 때마다
순간 속 영원을 믿고 싶을 때마다
한 움큼 쥐었던 모래가 흩어져 가는 것을
바라보면서
읊조릴 우리라는 것을 알고 있습니다.
'그럼에도 불구하고
살아내자고.'

instagram   @nevertheless_victory
email   eom3532@naver.com

『사랑을 미워할 수 있을 때까지』

계절마다 땅에서 슬며시 올라오는 내음은 다양하다. 내가 가장 좋아하는 땅의 내음은 여름의 시간 속에 있다. 조금은 축축하면서도 찝찝하지만 내리쬐는 햇빛에 살랑거리는 바람의 향기까지 깃든 여름내음을 사랑한다. 여름내음 속에는 나의 삶 조각이 스며들어 있다. 각 계절의 내음은 나를 시간의 수평선 위로 데려간다. 그리움 속으로, 기쁨 속으로, 아픔 속으로 들어간 나는 온갖 것들을 휘적거리며 돌아다닌다. 그렇게 계절 속에 나의 모습과 사랑은 유영하는 공기로서 남아있다. 사랑이 숨어있는 우리의 계절로 이끌 계절의 내음은 늘 우리에게 있다. 숨을 들이켜기가 두려울지라도, 그것을 맡아보라는 말을 건넨다. 영원히 돌아올 계절의 순환 속에서 다시금 사랑을 말할 수 있는 당신의 계절이 오기를 바라며.

사랑을 미워할 수 있을 때까지

"넌 첫사랑이 무어라고 생각해?" 천진난만하게 질문하던 나의 얼굴을 보면서 끄응 소리를 내던 그는 살면서 이러한 질문에 대해 딱히 고민해보지 않았던 사람처럼 보였다. 한편으로는 내뱉고 싶은 말이 나의 생각에 딱 들어맞을지에 대한 고민을 하고 있는 것 같아 보이기도 했다. 나는 그냥 그의 생각 자체를 알고 싶었던 것뿐인데. 눈살을 찌푸리고 눈알을 요리조리 굴리는 그의 모습에 나는 장난스럽게 웃어버렸고, 그는 내 웃음에 다시금 반한 것처럼 눈살을 피고 그 특유의 웃음소리를 내면서 웃었다. 한참을 웃다가 상황이 어색해졌는지 그는 나에게 첫사랑에 대한 질문을 던졌다. 그 질문은 우리가 사랑하는 동안에 수백 번, 수천 번 나에게 되돌아오는 부메랑과 같은 질문이 되었고 그때의 나는 그것을 예상하지 못했다.

내가 그에게 대답했다. "나는 매 순간 모두와 첫사랑을 나누고 있다고 생각해. 너를 만나는 이 순간도, 그 이전의 관계에서는 경험할 수 없었던 새로운 감정과 새로운 시간을 경험하잖아. 이 모든 순간이 새로운 사랑의 형태를 만들어가고 있다고 생각해. 그래서 나는 부모님과도, 친구들과도 정말 다양한 사랑의 형태를 만들어간다고 생각하는 거 같아. 모든 사람과의 사랑이 나에게는 다 첫사랑이야. 그 형태의 사랑을 처음 해보니까!" 그는 한껏 진지하면서도 신나 보이는 내 눈빛과 어투가 귀여웠는지, 혹은 낯설었는지 모르겠지만 다시금 얼버무리며 웃었고 나의 첫사랑 이야기를 책의 다음 페이지로 넘기듯이 넘겨버렸다.

　나의 모든 것을 귀엽다는 듯이 바라보면서 다음 이야기로 넘어가는 것은 그의 사랑스러운 습관이었다. 하지만 나는 나의 사고가 나의 삶 속에서 얼마나 깊게 우러나온 것인지 그가 알아주길 바랐다. 모든 순간을 소중하게 여기고 싶어 하는 나, 그래서 매 순간 '사랑'이라는 단어를 사용하고 사랑을 하고자 노력한다는 것을. 그가 알아주길 바랐던 때가 있었다. 그게 내가 생각했던 그와의 사랑의 형태였고 그와의 사랑의 정의였기에. 그와 마지막 장면에 다다를 때까지도 나는 그의 첫사랑에 대한 정의를, 우리의 사랑에 대한 그의 형태를 듣지 못했다. 단지 그가 남긴 마지막 말은 "나 너를 사랑했어"뿐이었다. '나 너를 사랑했어' 이 말은 도대체 뭘까? 사랑했다. 사랑해. 사랑하는 중이다. 사랑. 시간적인 개념으로 사랑을 이야기할 수 있는지 의

문이 들었다. 그가 나에게 남긴 마지막 말은 큰 무게가 나가지 않는 말이었지만 여운과 상처를 남겼다. 시제가 과거인 사랑의 표현, '너 사랑했어'는 깜깜한 터널과 같은 권태기를 지나면서 수없이 나에게 말할 것을 상상했던 말인데 직접 귀로 들어보니 생각보다 충격적이지 않았다. 상상을 한다는 것이 충격을 완화시켜주는 큰 이점도 있다는 것을, 그때 처음 깨달았던 것 같다. 그의 마지막 말에 대한 나의 마지막 답은, '사랑을 중단할 수 있어?'였다. 사랑을 그만둘 수 있나? 관계의 정의는 흘러가 버리는 시간 속에서 속절없이 변하겠지만 그 속의 사랑은. 이별을 맞이해도 그 사람에 대한 사랑은 희미하게 남는 것처럼 나는 사랑은 영원히 중단할 수 없는 것이라고 생각했다. 우리의 사랑을 깔끔하게 과거의 형태로 말할 수 있을까. 끝이 보이지 않는 영원한 수평선 위를 걸어 다니는 감정의 편린들 속에 우리가 몸을 누이고 있는 것이 사랑이라고 생각하는 나는 그의 말을 완강하게 부정할 수밖에 없었다. 비선형적이면서 한계가 없는 것, 그저 숨이 오가는 대기 중을 둥둥 유영하며 흘러 다니는 이것을, 우리가 그만둘 수 있다면 우리가 나눈 사랑이라고 명명되는 이것은 어디로 가게 될까. 그에게도 나에게도 남아있지 않는다면, 시간적 개념이 존재하지 않는 곳에 방랑자로 남게 될 이것이 안쓰러워 우리의 마지막 순간에 끝끝내 눈물을 흘리고야 말았다.

　그와 나는 대학교의 4년 중 거의 일 년을 함께 했다. 봄과 가을, 여름과 겨울. 계절마다 새로운 사랑의 형태를 함께 했으니 나는 총 4번의 첫사랑을 그와 함께 한 셈이다. 계절마다 우리의 사랑의 형태가 변화해가는 것을 보니 우리가 사랑을 만들어가는 걸까, 시간이 사랑을 만들어가는 걸까 의문이 들기도 했다. 우리가 처음 만난 시간 속 계절은 여느 3월의 봄이었다. 자연의 섭리는 봄, 여름, 가을, 겨울이라는 차례를 만들어냈지만 나는 이기적이게도 우리의 계절을 나만의 계절로 기억하고 있다. 나의 시간은 여름, 겨울, 가을 그리고 봄으로 늘 회귀하고 있다. 그와 함께한 시절은 청춘이라 불리는 한 시간의 가운데에 내던져진 순간이었다.

그해의 여름

제법 열기가 올라오는 7월의 우리는 연인의 모습이었다. 나무의 뿌리가 땅속에서 규칙적으로 엉켜있는 것처럼 그의 다리와 나의 팔은 서로를 옭아매고 있었다. 다한증이 있는 나에게 그의 손을 잡는다는 건 괜스레 축축하고도 끈적한 땀을 전달하는 것 같아, 퉁명스럽게도 손바닥을 맞잡는 것을 부끄러워했다. 그럴 때마다 그는 꼼지락대는 내 손가락의 걸음 속도에 맞춰주었다. 그는 다정한 사람이었다. 그의 다정함은 어디서부터 발현된 걸까, 배려가 다정을 만들까, 다정한 사람이라 배려가 자연스럽게 온몸에서 드러나게 되는 걸까. 달랐던 우리의 속도는 점차 그 누구의 속도인지 알 수 없이 같아졌고 서로를 옭아매고 있던 팔과 다리는 선홍빛 색을 띠며 나의 손바닥처럼 수분을 내뿜기 시작했다. 송골송골 콧등에 맺히던 땀이 주르륵 흐르는 새벽 여름의 텁텁하고 무거운 냄새부터, 육체를 짓누르는 공기에 눈을 뜨기 힘든 여름의 아침까지. 우리는 더욱이 깊게 파고들어 옭아맸다. 손 틈 사이로 들어오는 빛의 눈 부심은 할 말이 많아 애타는 소년과 소녀의 속삭임처럼 곱게 가슴골 사이로 흘러내리는 땀방울을 만들었다.

나의 땀방울과 그의 땀방울은 이내 누구의 것인지도 알 수 없어진, 이 모든 것을 적나라하게 느꼈던 여름의 시간이었다. "덥지 않아?" 정적을 깬 그의 한 마디에 햇빛에 의해 뜨거워진 피부와 맺힌 땀에도 나는 하나도 덥지 않다는 답을 하고 싶었다. 자신이 더워도 덥다는 말 대신 내 상태를 먼저 살펴봐 주던 사람, 그는 그런 사람이었다. 나의 머리카락은 한 올 한 올 괴로이 여름을 불평하며 꼬여있었고 나는 이마에 땀방울이 맺힌 채 약간 말라버린 입술을 움직이며 "덥지 않은 오후네."라고 읊조렸다. 하지만 여름은 그 누구의 거짓말도 허용하지 않는 계절. 어쩌면 여름의 또 다른 이름은 '진솔'일지도 모른다. 서로를 더욱이 이해하기 위해 서로의 삶에 파고들어 간 행위는 여름을 잊게 만들었고 여름을 잊는 순간 우리의 몸은 진솔해졌기 때문에.

그해 여름에 우리는 서로에게 넘치게 진솔했다. 연인에게 이러한 감정까지, 이러한 말까지 전달할 수 있는 건지에 대한 의문이 제기

될 때까지도 나는 진솔했다. 그도 진솔했다. 단순한 사고를 가진 그가 고민할 때면 요리조리 눈동자를 굴리는데 그 모습에서도 그의 진솔함이 보였다. 연애의 시작을 알리던 순간이 진솔의 계절에 포함되어 있기에 우리가 진솔해진 것인지, 진솔함이 우리의 공통점이었는지 여전히 궁금하다. 풀벌레가 찌르르 우는 집 앞 천에서 어스름이 해가 지는 7시에 만나 달빛이 떠오르는, 온전한 달만의 시간까지 우리는 함께 했다. 붉디붉은 우리의 혈액의 냄새를 맡고 우리 곁을 맴도는 모기를 째려보면서도, 서로의 몸을 찰싹 쳐주면서도 달빛을 함께 쬐고 싶었던 밤 들이었다.

달을 품은 내 눈동자를 그는 품었다. 그의 검은 눈동자와 넓어 보였던 그의 팔 벌린 품 안에서도 그는 나를 대차게 품었다. 내가 나로서 온전히 존재할 수 있게 보존하며 품었다. 여름의 시간에 그는 나의 진솔한 행위 속에서 나라는 사람을 받아들였다. 문득 사랑은 누군가를 받아들임일까, 표면적이고 인지할 수 있는 것을 안는 것이 아닌 상대의 발자취와 발자취 속의 땀조차도 알아보는 것이 받아들임이 아닐까 하는 생각이 들었다. 진솔의 계절 우리의 사랑은 꽃잎이 이슬을 머금고 이슬을 느끼듯이, 뜨거운 우리의 찝찔한 액체가 우리의 얽힘을 따라 내려가는 것에 전율을 느끼는 것이었다. 그 전율은 마치 축복의 포장지로 싸인 스산한 저주와도 같았다. 내가 영원토록 사랑을 사랑하게 될 것이라는.

그해의 겨울

그가 숙소의 침대 위에 앉아 나의 편지를 읽으며 눈시울이 붉어질 때 나는 기어코 사랑을 사랑하고 있음을, 앞으로도 사랑을 사랑할 수밖에 없는 저주에 걸림을 깨달았다. 이기적이게도 나는 우리의 겨울을 제주도로 기억한다. 과외, 알바, 학교 수업 우리의 꽉 찬 스케줄표 속에서 얄팍한 농담으로 시작된 여행 계획은 학기 내내 우리의 동기부여로 작용했다. 마침내 우리는 겨울에 제주도를 다녀올 수 있었다. 학기를 마치며 쉬고 싶은 마음이 컸던 그와 나는 함께 시간을 보내는 것에 마냥 기뻐했다. 무엇을 해야 한다는, 그 어떤 강박의 말들이 오고 가지 않았던 여유와 쉼이 넘쳐나는 여행. 제주도에서 그와 함께 보낸 시간 속에는 무수하게도 많은 사랑의 여운이 남아 있었다. 제주도의 겨울은 서울의 겨울보다는 따뜻할 것이라고 생각했는데 생각보다 제주도의 겨울은 따뜻하지 않았다. 차가운 바닷바람은 우리가 더욱 손을 움켜잡고 해안가를 따라 걷게 만들었다. 그의 패딩 주머니 속에서는 내 손만이 꼼지락대며 탈출하려고 했다. 그럴수록 그는 내 손가락을 조금은 느슨하게 잡았다가 다시금 꼬옥 잡았다가를 반복했다. 수족냉증과 다한증을 함께 가진 여자와 연애하는 그가 그 여자와 손잡을 때마다 어떤 생각을 할지 궁금했다. "그냥 좋은데?" 역시나 단순했던 그의 대답, 그저 좋았다. 카페에서 그는 따뜻한 바닐라 라테를, 나는 차가운 크림 라테를 마셨다. 미지근한 온도를 쫓기 위해 서로의 것을 맛보기도 했다. 열기가 많은 그는 따뜻한 음료를 즐겨 마셨고 추위를 많이 타는 나는 찬 음료를 즐겨 마셨다. 우리는 서로에게 필요했다. 함께 미지근한 중간점을 찾아가기 위해서. 우리는 이 순간 함께여야 했고 함께했다.

 가만히 손을 잡고 앉아 해안가를 바라보면서 나는 정적이 흐르는 우리의 공기 속에 그에게로 향하는 나의 한숨과 나에게로 향하는 그의 한숨이 융합되어 있을 것을 상상했다. 말이 오가지 않지만 그보다 귀한 무언가가 공기 중을 유영하고 있으니 그것을 우리는 느껴야 한다고. 보이지 않을수록 우리는 감각을 열고 그것을 더 느껴야 한다고 말했다. 곰곰이 내 말을 들은 그는 그냥 이 순간이 영원했으면 좋겠다고 말했다. '순간의 영원'이라, 내 일생 속에서 영원한 것은 이전에도, 앞으로도 없을 텐데. 만약에 정말 만약에 있다면, 이 순간이었으면 좋겠다는 시시한 생각을 하며 우리는 다시금 바다를 관조했다. 순간의 영원이 허상이 아니라고 믿으면서, 순간의 영원에 서로가 있기를 기도하면서 약하게 때로는 강하게 일렁이는 파도 사이 속 곱게 자신의 선을 지키는 수평선을 응시했다.

 편지 쓰는 것을 좋아했던 나는 여느 때와 비슷하게 나의 마음을 전달하기 위해 펜을 들었다. 편지는 일방적이라서 좋다. 나의 마음을 하나의 방향으로 올곧게 전달하는데 가장 좋은 방법. 하얀 편지지 위에 한 글자 한 글자 눌러 써 내려가며 내 마음을 그 안에 꾹 눌러 새겨버리는 것, 나의 진심을 눌러 담을 수 있는 행위가 편지이다. 한편으로는 편지는 사랑의 이기적인 기록이다. 편지 속 나와 편지를 전하는 나, 이후의 나 모두 같은 사람, 같은 마음을 가지고 있다는 것을 그에게 알리고 싶은 이 욕심이 이기적이라는 생각이 든다. 나를 기억해주길, 앞으로도 이 증표를 보며 나를 잊어가지 않기 위해 노력하며 읽어주길 바라는 마음으로 꾹꾹 눌러쓴 이 글자들이 비석에 글을 새기듯, 당신의 가슴속에 새겨지길 바라는 이기적인 기록이 편지이다. 오랫동안 그에게서 기억되고 싶은 나의 욕심이 담긴 일방적인 나의 편지에 적힌 모든 문장에, 그는 답장을 해주었다. 그렇게 우리는 밤하늘의 별처럼 무수히 많은 편지를 주고받았다. 그는 편지 쓰는 것을 좋아했을까? 아니면 나의 편지 마지막 줄에 늘 노랫말처럼 적혀 있는 '내 편지를 읽고 전하고 싶은 말이 있다면 답장해줘'라는 문구가 그가 편지를 쓰도록 만들었을까. 아직도 첫사랑의 이야기를 듣지 못한 것처럼 이것마저도 나는 알지 못한다. 그저 그는 다정한 사람이었다.

　제주도에서의 마지막 밤에 그에게 편지를 내밀고 부끄러움에 약간의 등을 돌린 상태로 그의 반응을 살폈다. 이기적인 나의 마음을 대변해주는 편지를 읽으며 눈이 굴러가는 그의 모습은 괜스레 나를 긴장하게 만들었고, 모든 글자를 검은 눈동자에 복사하듯 붙여넣고 있는 그의 검푸른 눈동자만을 흘긋 쳐다보게 만들었다. 어느 시점부터였을까, 검푸른 눈동자에서 약간 벗어난 곳에서부터 그의 눈시울이 붉어지기 시작했다. 슬픔을 전달하는 문장이 있었던가, 감동을 주는 말이 있었던가, 그저 편지는 우리의 시간에 대한 이야기뿐이었는데. 당황한 마음에 휴지를 건네면서 그의 눈물이 그의 볼을 타고 내려가는 것만을 지켜보고 있었다.

 슬그머니 왜 우냐고 묻는 나의 말에 그는 대답했다. "그냥, 그냥 이상하게 눈물이 났어. 우리가 다시 함께 여행을 올 수 있을까에 대한 생각을 계속하고 있었는데 편지에 우리의 다음 계절에 대한 이야기가 적혀 있어서 그냥 눈물이 났나 봐." 편지에는 그 어떤 우리의 다음 계절에 대한 이야기도 담겨 있지 않았다. 그저 편지는 어느 시간까지, 내가 그를 언제까지 사랑할지 그 아무도 모르지만, 후회를 남기지 않기 위해 최선을 다해 이 모든 시간을 그에게 바치겠다는 나의 이기적인 마음만 담겨 있을 뿐이었다. 이 말을 전하기까지 나는 나의 사유를 끊임없이 부정했었다. 영원을 믿지 않았던 나였기에 이러한 말이 나에게는 영원을 약속한 것과 같았기 때문이다. 그러나 그는 나의 모든 사고회로를 받아들인 사람이었다. 그렇게 우리의 언어의 형태는 달랐지만 언어로 형용할 수 없는 무언가가 그의 마음에 상을 그렸을 그 밤을 겨울에 두고 왔다. 나의 겨울은 아직도 그곳에 남아 있다.

그해의 가을

푸르렀던 나뭇잎들이 점차 자신만의 색깔들을 드러내는 계절, 여전히 푸르른 색을 띠는 잎들과 점차 붉어져 가는, 떨어져 가는 잎들이 길가에 퍼질러져 있었다. 내가 진술한 여름을 사랑한 이유는 외출할 때마다 선명한 색을 띠는 풍경들이 우리의 상을 선명하게 만들어주었기 때문이었다. 가을은 그 선명한 상들을 놓아주어야 했던, 변모의 계절이었다. 가을의 시간 속에서 우리는 서서히 변해갔다. 누군가는 학교 수업을 들으면서 과외를 시작했고, 누군가는 학업을 병행하면서 자신의 꿈을 찾으러 작은 모험들을 시작했다. 나는 진로 고민을 심오하게 해야만 했고 그는 학교 수업과 아르바이트에 집중해야 했다. 우리의 마음의 여유와 서로를 대하는 태도는 상황에 전적으로 의존되기 시작했다. 이는 곧 꿀렁이며 변화를 직시해야만 했던 권태기라 불리는 그러한 시간이었다. 매미 소리가 우렁차게 울리던 집 앞의 하천은 더 이상 우리의 이야기가 진행되는 곳이 될 수 없다는 생각과 생기 넘치던 푸르른 잎들이 색을 잃고 있다는 생각이 난무하던 시간이었다.

연인 사이는 물론 인간관계 속에서도 필연적으로 권태로운 시기는 찾아오는 거라고 생각했던 나지만, 이를 직접 마주한 나 자신과 우리의 모습을 본 나는 극도로 겸연쩍었다. 요동치는 각자의 일상을 보내고 나면 일상 속 우리의 감정과 우리의 관계에 대한 이야기 대신, 우리가 해야 하고, 해내야 하는 일에 대한 말들로 공백을 채워나갔다. 나의 투정을 받아주는 그와 표정 너머의 그의 마음까지 헤아려주지 못했던 나. 그럼에도 나에게 언제나 삼키는 감정일지라도 자신에게 내뱉어달라고 말하던 그에게 나는 나의 변화의 모습들을 무수하게도 드러냈다. 물론 그도 그의 변모함을 드러낼 때가 있었지만 나에게 그 어떤 고민이나 해를 안겨준 적은 없었다. 시야가 좁았던 가을의 나는 우리의 이전 상의 모습들을 희구하는 그의 눈망울에 비친 나의 바쁜 모습만을 보았다. 시간이 부족해서, 여력이 없어서 그에 대한 나의 무언가를 챙길 겨를이 없었다는 것은 아직까지도 내가 제일 후회하는 나의 형상으로 남아있다.

나의 이러한 관계의 권태로움은 바쁘게 살고 싶은 나의 욕망으로부터 발현되었다. 현실적인 나의 문제를 해결하기 위해서는 바쁨을 자처할 수밖에 없었고 그를 향한 나의 배려는 자연스럽게 줄어들었다. 학업과 진로 고민으로 허우적대고 밥을 굶을 때도 그는 나의 손을 이끌면서 따뜻한 음식으로 배를 채울 수 있게 해주었다. 미래에 대한 걱정을 늘어놓는 나의 모습에도 "너라면 네가 원하는 모든 것을 천천히 다 이룰 수 있을 거야. 넌 정말 멋져."라고 말해주던 그였다. 그는 피곤한 일과를 보내면서도 나의 하루 속 짧은 행복이 되어주었다. 나의 하루 속 단편적인 순간에 그가 출연했지만 그가 준 행복의 감정은 삶과, 그와의 관계 속에서의 권태로움을 이겨 낼만큼 충분했다. 우리는 바쁜 스케줄을 보내면서도 함께 떠나게 될 여행을 원했고 하루의 틈 사이로 알차면서 여유로운 여행 계획을 구성하기 시작했다. 설레는 우리의 겨울을 기다리던 변모의 가을이었다. 이렇게 나의 권태로운 감정은 가을에 시작되었고 바로 그해 가을에 끝이 났지만 그의 변모의 시절은 또 다른 우리의 봄에 시작되었고 그 해 우리의 연애는 끝이 났다.

  그해의 봄과 다음 해의 봄

  우리의 봄에는 이별과 만남이 모두 공존한다. 아름다움이 있으면 추함이 있듯이, 슬픔이 있으니 기쁨이 있듯이 나의 봄의 양상은 모순적이다. 우리의 봄 안에는 이별이 있지만 동시에 만남이 있었고, 아직까지도 봄이 시작될 때 이 모든 것이 살아 숨 쉬는 듯하다. 그와의 만남은 자연스럽게 시작됐다. 우연히 고등학교 동창의 지인이었던 친구가 그를 소개해주었고 나는 캠퍼스 내에서 마주치면 반가운 마음이 들지 않더라도 "안녕하세요."를 뱉었다. 시작은 정말 그러했다. 길을 걸어가면서 눈을 굴리다가 마주쳐도, 그의 옆에 나의 옆에 다른 사람이 있어도 우리는 인사를 뱉었다. 그를 몇 개월간 관찰한 결과 그는 매우 단순하면서도 따뜻했다. 단순한 건 모두 냉철할 줄 알았는데. 이것 아니면 저것이니까. 단숨에 그런 결정을 하는 것은 단순한 사고를 펼치는 사람인 것이고 이는 나에게 냉철함으로 정의되어 있었다. 그럼에도 이상하게 그는 따뜻했다. 단호한 선택 속에 어떻게 배려가 묻어나올 수 있는지 궁금했다. 그의 마음은 투명했으며 나는 그 투명함을 멀리서 감상하는 게 좋았다. 맑았다. 그의 눈동자도, 그의 행동도, 그의 말투도 모두 맑았다. 그로 하여금 나의 엉켜버린 색에 의해 바래진 나의 마음이 씻겨나가는 순간들이 생기기 시작했다. 그와 친구였던 시절, 대학 내 인간관계에 대해 여러 고민을 안고 있었던 나는 며칠 뒤 떠나는 친구와의 여행에 대해 이야기했었다. 좋지 않은 기분으로 여행을 가서 같이 간 친구한테 미안할 것 같다는 걱정, 괜히 나랑 왔다고 생각하면 어쩌지와 같은 투정을 그에게 부렸다. 나의 투정에 그는 온전히 내 감정을 나아지게 하기 위한 거짓의 공감을 내뱉지 않았다. "그 감정으로 여행을 해보는 것도 우울의 여행이니까 그 나름대로 너에게 남지 않을까? 기쁠 때 여행 한 건 그만큼 기쁨의 여행인 거고, 출발할 때의 감정이 각기 다른 만큼 그 안에서 느끼는 것도 각기 다를 테니까. 뭐가 되었든 괜찮아. 그냥 다녀와." 이러한 말을 한 사람에게 어찌 사랑에 빠지지 않을 수가 있나. 온전히 나의 감정을 부정하거나 긍정하는 것이 아닌 그저 있는 그대로 느끼라는 그의 말은 내가 그에게 온전히 기울어지게 만들었다. 천천히 나의 몸과 마음이 그에게 기울어질 때쯤 꽃들이 학교의 빈 곳을 아름답게 채우고 있었다.

함께 만나서 밥을 먹고 카페에 가서 과제를 하는 시간이 점차 많아졌다. 밥과 카페, 그리고 과제와 공부는 기꺼이 우리의 만남의 매개체가 되어주었다. 봄의 냄새는 괜히 간질간질하게 공기 중에 무언가가 정말로 있는 것처럼 우리를 속였다. 꽃향기일까, 우리의 향수 냄새가 섞인 것일까 알 수 없었지만 함께 있을 때마다 나를 기분 좋게 하는 향기가 항상 곁에 퍼져있었다. 순간의 향기에 취한 것이 순간의 영원에 대한 믿음으로 이어진 것이라면 나는 유영하는 그것의 존재를 믿을 수밖에 없다. 나는 이미 순간의 향기에 취해버렸기 때문에. "이럴 거면 우리 그냥 만나자." 시도 때도 없이 그와 만나서 시간을 때우고 졸린 눈을 비비면서 그와 새벽을 속삭이며 뜬 밤을 새우는 시간이 많아져, 결국 내가 내뱉어버린 말이었다. '이럴 거면', 이렇게 우리가 서로 찾고 있다면, 이렇게 우리가 서로를 필요로 하는 거라면, 이렇게 우리가 함께하는 게 행복하다면. 그와의 관계에 대한 정의가 필요했다. "정말?"이라는 귀여운 문장을 조심스럽게 말하던 그와 시작한 연애는 내가 이제껏 해왔던 연애 중에 가장 부드럽고 다정한, 물결과 같은 만남이었다. 미동은 있지만 파도는 아닌, 일렁이지만 출렁이지는 않은 그러한 만남들. 아주 사랑스러웠다.

　하루의 일과를 마치고 너드커넥션과 잔나비의 노래를 들으면서 집 앞 천을 따라 걷는 것, 길가에 핀 예쁜 꽃과 시시각각 변하는 하늘의 형태들을 나의 카메라에 담아두는 것, 볕이 잘 드는 창가에 앉아서 책을 읽거나 움직임이 끊이지 않는 사람들의 모습을 바라보는 것. 애정하는 나의 것들을 홀로 음미하는 것이 나의 일상이었다. 하지만 그와 연애하는 동안에는 많은 것이 변했다. 공통적으로 좋아하는 노래를 함께 들으면서 어떤 부분이 좋았는지 함께 나누고, 우리의 마음에 쏙 드는 아름다운 노을을 감상하면서 서로에게 그림 같은 사진들을 전송하고, 서로의 어깨에 기대에 볕을 쬐는 것이 우리의 일상이 되었다. 우리의 첫봄에는 애정하는 자신만의 순간에 서로를 초대하기 바빴다. "나는 이런 걸 애정 해.", "나는 이런 순간을 좋아해.", "나는 영화의 이런 부분에서 눈물이 나."와 같은 문장이 오고 갔다. 그와 나는 만날 때마다 수다스러웠다. 그래서인지 우리의 대화는 늘 풍부했고 욕조에 물이 넘쳐흐르듯 줄줄 넘쳐흐르기에 바빴다.

봄날의 우리가 너무나 사랑해서 모든 순간 함께 들었던 노래, 너드커넥션의 '좋은 밤 좋은 꿈'. *그대 나의 어떤 모습들을 그리도 깊게 사랑했나요.* 우리는 이 가사를 들을 때마다 항상 서로가 좋아하는 상대의 모습들을 설명해주고 싶어 했다. 나는 그가 나의 어떤 모습들을 사랑하는지에 대해 듣고 싶어 안달이 난 사람처럼 그의 답을 기다리곤 했다. 그가 사랑한 나의 모습은 가장 나다운 모습들이었다. 좋아하는 음식을 먹을 때 아끼면서 야금야금 먹는 모습, 기분이 우울할 때 내 감정을 고스란히 파고들어 가버리지만, 그가 부르면 빼꼼 나오는 모습, 민낯으로 그를 보러 나오면서 활짝 웃는 모습. 이 모습들을, 그는 모두 사랑한다고 말했다.

나는 그렇게 야무지게 빛나는 눈으로 말하는 그의 모습을 사랑한다고 말했다. 모든 순간이 다 기억나지는 않지만 지금 이 순간에는, 지금 내 눈앞에 있는, 말하고 있는 그의 모습을 사랑한다고. 나의 어떤 말이든 방긋 웃어주는 그의 모습을 사랑한다고. 우리의 20년도 봄날은 그렇게 그와 나를, 서로에게 초대하는 계절이었다. 서로를 자신의 세계로 초대하는 시간 속에서 나는 그를 깊이 이해할 수 있었다. 독백이 아닌 말할 수 있는 대상이 있는 것은 고독으로부터 나를 약간 꺼내두는 것과 같았다. 같은 가사를 들으며 다른 감정을 느끼고 함께 나눌 수 있는 상대가 있었다. 그렇게 우리는 봄에 만났다.

다음 해, 같은 계절 속엔 무표정의 그, 그의 미소를 보고 싶은 내가 있었다. 더 이상 그는 나와 함께 하는 일상에서 활기를 느끼지 않는 것 같아 보였다. 아니 그러했다. 계절은 다시 돌고 돌아 우리가 만나게 된 다시금 그 배경으로 돌아왔는데 한 편의 장면 속 주인공이 달라져 있다. 그때의 우리는 그곳에만 존재하게 되었다. 늘 다정하기만 했던 그는 여전히 다정했지만, 말의 껍데기만 뒹굴어 다니는 대화들 뿐. 정작 그의 감정이 내포된, 다정 어린 말들은 이미 저 멀리 도망가 버린 상태로 우리의 만남은 변질되어 버렸다. 내가 그의 눈치를 슬슬 살피기 시작하면서 그에게 가장 많이 물어본 질문은. "나랑 노는 거 즐거워?"였다. 입에서 대기 중으로 오고 가는 그의 문장을 문장 그대로만 분석한다면 "당연하지. 너와 노는 게 가장 좋고 즐거워." 이 대답은 단연 100점. 하지만 그의 생기가 없는 눈, 그저 답을 맞혀 보겠다는 의지로 움직이는 입술, 한껏 차분해져 버린 그의 목소리를 듣는 순간 비언어적인 요소들이 대화 속에서 얼마나 중요한지 깨달을 수 있었다. 얼마나 나의 가슴을 후비는 말들인지, 둥둥 떠다니는 말의 따뜻한 온도가 식어버리고 나면 어떤 것들이 남게 되는지 알게 되었다.

그의 권태로운 시간 속에서, 나는 그가 나를 위해 노력했던 가을처럼 그에게 행복을 전달해주고 싶었다. 그래서 최대한 그가 받아들일 수 있는, 내가 할 수 있는 사랑의 표현은 모조리 했던 것 같다. 언어적인 표현뿐만 아니라 그만을 위한 나의 배려와 행동에서 그가 다시금 나의 노력과 사랑을 응원으로 알아주길 바랐다. 신기하게도 그의 권태로움 시간 속에서도 우리는 다툰 적이 없었다. 그는 나의 노력을 애써 사랑이라고 이해해주었고 나는 공허한 눈빛으로 고맙다고 말하는 그의 눈빛을 애써 무시하며 문자 그대로 해석하려고 노력했기 때문이다. 나는 그의 기분과 상태를 꽤나 예민하게 받아들이는 사람이 되었고 점차 진심이 아닌 문자로만 나에게 표현하는 그의 모습들이 극대화될 때야 나는 인정하고 싶지 않은 사실들을 시인해야 했다. 더 이상의 나의 노력으로 이 계절을 우리의 시간으로 만들 수는 없겠다는 것, 그리고 사랑은 혼자 하는 것이 아니라는 것을.

"이럴 거면 우리 그만하자.", "나 너를 사랑했어. 잘 지내.", "사랑을 중단할 수 있어?" 우리의 마지막 입술의 움직임 틈새로 새어 나온 말들. 우리의 연애의 시작도 '이럴 거면'이었는데, 헤어짐도 '이럴 거면'으로 끝날 줄은 몰랐다. 이렇게 나를 만나도 행복해하지 않을 거라면, 나에게 사랑스러운 눈빛을 보여주지 못할 거라면, 변하는 모습을 나에게 보여줄 거라면. 우리가 그만하는 게 '맞다'고 생각했다. 그래서 내뱉었다. 활활 타오르던 불도 꺼지고 나면 재가 남는데 우리에게 남는 것은 아무것도 없었다. 부재, 태초부터 그가 없었던 것처럼 지내야 하는 그러한 순간이, 나에게 필연적으로 일어날 수밖에 없는 시간만이 나를 기다리고 있었다.

마음이 쓰린 시간들이 나의 삶과 맞대어 있을 때, 지독하게 깊은 웅덩이로 들어가게 된다. 한 개인이 자신의 감정을 받아들이기까지 이렇게나 오랜 시간이 흘러야 한다는 것을 이때 알게 되었다. 순간의 영원을 잠시나마 꿈꾸게 해준 그와 잡은 손을 쉽게 놓지 못할 것이라고 생각했던 그 생각마저도 미웠다. 부재의 시간이 되어버릴 바에 다시는 이런 계절들을 만들고 싶지 않았다. 생생했던 제주도의 시간들, 여름의 푸름 그리고 다정했던 봄날의 순간. 어느덧 그 계절의 주인공들은 보이지 않았다. 배경만 남아버린 추억, 추억은 곧 나로 설명되며 추억 속에는 내가 지독하게 엉켜있어야 하는데 내가 남아있지 않았다. 그를 향한 원망을 품고 있는 나의 정념만이 남아있었다.

그와 이별한 후 시간이 흐르면서 알게 된 것들이 있다. 당시의 감정에 대해 계속 재고하고 정의를 내리고자 했던 지난날들은 그저 여러 색의 물감이 묻은 붓을 계속 물통 속에 돌리며 물에 풀어낸 시간들이었다는 것. 물에 색깔을 풀어낼수록 붓에 있는 물감들은 빠져나가지만 이미 여러 색깔이 섞여버린 물통처럼 나의 감정은 복잡해져만 갔다. 나조차 무슨 색인지 알아볼 수 없을 만큼. 내 눈에 비치고 있는 바라진 색들은 그저 흘러가는 과정 속의 명명할 수 없던 것들이었는데 나는 용을 쓰며 그것들을 명명하고자, 정의하고자 했다. 물론 이 시간들이 헛된 시간은 아니었을 것이다. 단지 붓을 잡고 있는 팔목이 아리듯이 나의 마음도 아렸을 뿐이고 더 선명하고 고유한 색깔을 낼 수 있게끔 움직여야 한다는 생각만 머릿속에 가득 차게 될 뿐이었다.

또한 나의 머릿속에 살고 있는 그에 대한 기억을 내가 가득 품고 살아간다는 것 자체가 미안한 일이라는 것을 깨달았다. 내 마음과 기억 속을 유랑하고 있는 나그네, 그 어떤 의지도 없는 그를 막무가내로 나그네라 칭했다. 그가 어떤 감정을 느낄지 철저히 방관한 채, 고향으로 돌아가고 싶어 하는 그 향수를 무시한 채 나의 욕심으로 골이 깊어진 마음속에 그를 가두었다. 내 마음속을 유랑하며 수 없이 깊은 객창감을 느꼈을 그에게, 나의 사죄의 웅얼거림은 닿지 않을 것을 알면서도 그를 놔주지 못한 채 살아가고 있었다는 것을 깨달았다. 그를 쫓아내고 싶은 욕망 속에서 그의 옷깃을 잡은 채 그를 괴롭게 하고 있다는 것이 얼마나 미안한 일인지 깨닫는 데는 마지막 만남 이후

거의 1년이 지나고 나서였다.

1년이라는 시간이 지나서야 우리의 계절을 오롯이 나의 시간으로 받아들일 수 있는 마음을 완성할 수 있었다. 나의 마음속은 그 어떤 것으로도 잴 수 없다. 대기 속을 유영하는 무언가는 사람들을 통해 사랑이라 명명되지만 나의 마음속에서만큼은 그 어떤 단어로도 명명되지 않고 풀어헤쳐진다. 결국 추억은 나의 입과 사고를 통해서 만들어진다. 고로 추억은 나이고 추억은 전적으로 나에게 달려있다. 그러므로 나의 추억은 나이고 삶도 곧 나이다. 추억의 편린들을 잇다 보면 만들어지는 종합물이 나인 것이다. 내가 나의 시간들을 부정하는 것은 나를 부정하는 것과 같다. 따라서 나는 나를 부정하는 것을 이제 멈춰야 한다. 결국 나는 이런 뒤죽박죽 한 나만의 기억법을 사랑하기로 했다. 나의 기억법이 사랑스러워 다행이다. 그것의 사랑스러움은 마치 스스로를 사랑스러운 존재라 여기도록 만든다. 사랑스러운 기억만 남겨두고 자잘한 우리의 악행들을 잠시 잊다가 영원히 잊어버리는, 우리의 시간을 나만의 시간으로 만드는 나만의 기억법.

만약 내가 그와의 마지막에 느낀 감정만을 기억한다면 나는 마치 스스로를 사랑에 악한 자라고 기억했을지도 모른다. 하지만 나는 여전히 스스로를 사랑스러운 사람, 사랑이 넘치는 사람이라고 생각한다. 그리고 나는 그와 나눴던 계절을 통해 느끼고 성장한 기억을 고이 모아 나의 첫사랑의 하나의 양태로 기억하고 있다. 나를 성장하게 한,

나의 존재를 내가 스스로 인식할 수 있게 해준 사람. 그와의 연애 속에서 나는 나 자신에 대해 깊게 알게 되었다. 타인과 연애를 통해 사랑을 나눌 때 '내가 이런 행위를 하는구나', '이런 마음을 가지는구나', '어떤 것을 싫어하는구나' 등을 스스로 인지하게 된다. 이제 나는 그를 향한 원망이 아닌, 고마움이 더욱 큰 순간 속에 있다. 하지만 여전히 그의 기억 속의 나는 어떤 사람인지 궁금하다. 이 마음 또한 비선형적으로 끊임없이 유영하는 그것일까?

이전의 나는 사랑을 너무 사랑했기에 관계 속에서 느껴지는 정서적이고 정신적인 고통은 모두 내가 감수해야 하는 것이라고 생각했다. 내 사랑은 그였고 그를 진솔하게 너무 사랑했기 때문에 이는 당연한 것이라고 생각했다. 사랑을 하기로 결심하고 그를 선택한 것도 나이고, 사랑을 감수할 것도 나니까. 내가 그 사랑의 결과까지도 감수해야 한다고 생각했다. 하지만 사랑하고 남은 결과물의 양상은 때마다 달랐고 때마다 나를 아프게 했다. 그와의 사랑 속에서 나는 두 가지를 확고하게 알게 되었다. 사랑을 미워해야만 내가 사랑을 멈출 수 있다는 것. 그리고 사랑을 사랑하는 사람들만이 모든 사랑의 과정을 겪고 나서도 또다시 사랑을 이어 나갈 용기를 낼 수 있다는 것을 말이다. 그와 함께 나눈 사랑은 나를 더욱 나답게 만들어주었고 그와 함께 만들어갈 수 있었던 많은 사랑의 모습을 볼 수 있었다.

하지만 그와의 사랑의 형태가 내가 사랑하게 될 모든 사랑과 같은 양상을 띤다고 할 수 없다. 나는 앞으로도 무수히 많은 사랑을 하며 살아갈 것이다. 이내 내가 사랑할, 나에게 다가올 사랑이 부디 천천히 찬란히 빛나며 눈부셨으면 좋겠다. 나에게만 보이는 빛나는 눈부심이길 바란다. 그래서 내가 그 눈부심을 알아차려 그에게로 갈 우렁찬 발걸음을 내디뎠으면 좋겠다. 사랑을 겪다 못해 내가 나의 사랑에서 묵은내가 난다며 그것에 질린 채 쳐다보지도 않는 그런 일은 절대 없을 것이라고 자부하는 이 다짐을 최선을 다해 간직하고 싶다. 진솔의 계절에서 느낀 전율이 저주가 아닌 축복의 무게추로 더욱 기울어져 쓰러질 때까지, 사랑을 미워할 수 있을 때까지 나는 사랑을 사랑할 것이다.

"청춘의 문장이 삶을 끌고 가는 빛이 되길 바라며..."

꿈, 사랑, 청춘, 사람을 주제로 하는 20대 대학생분들의 작품을 읽으면서 내내 행복한 설렘으로 가득했다. 진솔하면서도 맑은 문장을 읽다 보니, 어느새 그 시절 속에 함께 있는 듯했다. 그러면서 한편으로는 아릿해지기도 했다. 시간이 흐르고, 시대가 변해도 청춘의 시절에 품는 고민과 생각은 한결같이 순수하고 아름다워서 더 아픈가 보다. 그런 청춘의 문장에 점수를 매긴다는 것 자체가 속상했다는 걸 밝혀둔다.

그들의 문장에서 숨 쉬던 열정적이고도, 청량한 청춘의 여름 냄새가 여전히 마음을 맴돈다. 그래, 여름의 언어들은 이리도 벅차고 뜨거웠었다. 언젠가 시간의 밀물과 썰물에 의해 사라질 그들의 여름 언어가 당장의 현실에 부딪혀 쉬이 고개 꺾이지 않기를 바란다. 그리하여 그들의 여름 언어가 그들의 삶을 끌고 가고, 추억할 수 있게 하는 사계절의 노래가 되길 소망한다. 이렇게 문장의 힘은 대단하다. 누군가의 삶을 하염없이 응원하고 염려하게 되니 말이다.

「우리 각자의 영화관」은 한편의 청춘 영화를 본 듯했다. 영화를 좋아하면서 진로를 정하기까지의 여정, 그리고 좋아하던 영화로 인해 좌절하면서 겪었던 아픔과 다시 품는 희망의 여정을 매끄럽고 아름답게 풀어냈다. 그의 완성될 다큐멘터리가 궁금해진다. 「걸작까지는 아닐지라도」는 모든 20대가 겪는 삶에 대한 고민을 피에로와 연결해 짜임새 있고, 담담하게 풀어낸 구성력이 돋보인다. 전하고자 하는 성찰의 깊이를 보여준 글이다. 「銘明(명명) - 달을 새기다」는 한편의 로맨스 소설을 읽는 듯한 섬세한 묘사력과 산뜻한 이야기 구성력이 눈에 띄었다. 본문이 자연스럽게 녹아든, 은유 가득한 제목도 감명스러웠다. 「하나, 둘, 셋 그리고 꿈」은 '꿈'이라는 하나의 주제를 자신의 일화와 연결하여 꾸밈없이 담백하게 풀어내서 누구나 쉽게 공감할 수 있는 글이었다. 「사랑을 미워할 수 있을 때까지」는 사랑의 시작과 끝을 계절에 은유하여 솔직하고도 우아하게 표현한 점이 인상적이었고, 사랑의 과정에서 느낀 감정까지 유영하듯 담아낸 섬세한 작품이었다.

'청춘은 아름답고, 아프다.'라는 어쩌면 뻔하고 구태의연한 문장일지 모른다. 하지만 수상한 분들이 풀어낸 솔직하고도 다정한 이야기들 덕분에 아름답고 아프다는 청춘의 문장이 새삼 가슴 깊이 다가온다. 문장의 힘을 믿는 사람으로서, 이 작품들이 누군가의 마음과 귀를 열어주는 시간이 되었으면 하는 바람이다. 수상한 모든 분에게 진심으로 축하를 보낸다.

작가 조은아

동서문학상 소설부문 당선
전) MBC 방송작가
교보문고 추천 에세이 선정
에세이 『꿈길이 아니더라도, 꽃길이 될 수 있고』

"청춘의 삶 곳곳에 아름다운 꽃이 피어있기를 바라며..."

대학생들의 글은 유난히 푸른 빛을 띠고 있다. 푸른 물방울에 빛을 비추면 '빨주노초파남보' 무지갯빛이 감도는 것처럼 공모전에 지원한 학생들의 글은 알록달록 자신만의 색깔을 띠고 있었다.

「우리 각자의 영화관」은 꿈에 대한 자신의 이야기를 한 편의 영화처럼 그린 작품이다. 작가는 누구나 n번째 꿈을 가질 자격이 있다는 사실을 아름다운 영상으로 담아내듯 서술했다. 특히 작품 속 마지막 장면은 마치 영화 속 결말을 연상케 한다. 차츰 보랏빛으로 바뀌는 하늘을 반짝이는 눈으로 바라보는 주인공의 모습이 머릿속에 그려진다. 왜 하늘일까 생각해본다. 하늘은 시시각각 다른 모습이지만, 한편으론 늘 변함없이 하늘로서 남아 있기 때문은 아닐까. 작가가 어떤 꿈을 꾸든 그 꿈을 사랑하고, 꿈을 이루기 위해 최선을 다했다는 사실은 언제나 변하지 않는 것처럼 말이다.

꿈을 좇아가는 것이 어쩌면 '나라는 존재를 알아가는 과정'일지도 모른다는 생각은 「걸작까지는 아니더라도」와 연결된다. 작가는 치열한 경쟁 속에서 살아남기 위해 몸부림치는 자신의 모습을 피에로로 표현하며, 음침하고도 애처로운 감정을 묘사했다. 자기 내면의 이야기를 솔직하게 꺼냄으로써 읽는 이로 하여금 글쓴이를 응원하게 만든다. 글쓴이를 한없이 애정하게 만든다.

글쓴이가 궁금해지게 만드는 작품으론 첫사랑의 향수를 불러일으키는 글, 「銘明명명 - 달을 새기다」를 빼놓을 수 없다. 작가는 누구나 한 번쯤 경험해보았을 짝사랑 이야기를 맑은 문장으로 써 내려갔다. 누군가를 진심으로 짝사랑하면 그 짝사랑은 결코 아픈 사랑이 아니라는 것을, 외려 그(그녀)를 아낌없이 응원하고 사랑하는 그 마음이 자랑스러워진다는 것을 이 글을 통해 또 한 번 확인했다. 푸릇푸릇한 사랑 이야기가 오래도록 작가의 문장 안에서 피어날 수 있기를 응원하는 바이다. 「사랑을 미워할 수 있을 때까지」 또한 계절 속에 피어나는 첫사랑의 편린들을 아름다운 문장으로 엮은 글이다. 이 글을 읽고 누군가가 어슴푸레 떠올랐다면 그건 분명 사랑, 아니 좀 더 순수하고 맑은, '첫사랑'이라 불러도 좋을 것이다.

'꿈'과 '사랑'이라는 단어를 연이으면 자연스레 '희망'이라는 단어가 떠오른다. 마지막 작품인 「하나, 둘, 셋, 그리고 꿈」에서는 청춘의 푸르른 내음을 만끽할 수 있다. 작가는 작품을 통해 말한다. 미완의 꿈이어도 좋으니 어쨌든 우리 꿈을 꾸며 살자고, 현실적인 지표나 그래프 대신 가끔은 꿈을 그리며 살아보자고. 활활 타오르는 불씨가 아니어도 괜찮으니 뭉근하게라도 꿈을 데우며 살자는 작가의 작은 외침이 큰 울림이 되어 여운을 남겼다.

'열심히'란 단어가 조금은 우매하게 들리는 세상에서 그럼에도 '열심히' 자신의 꿈을 그리고 사랑을 노래한 이들에게 다시 한번 박수를 보낸다. 꿈과 사랑을 주제로 한 이들의 이야기가 부디 오랫동안 다정한 풍경으로 이어지길 소망해본다. 푸른 날개를 달고 훨훨 날아다닐 학생들의 삶 곳곳에 아름다운 꽃이 피어있기를 바라며 심사평을 마친다.

작가 송세아

도서출판 꿈공장플러스 편집장
전) 경인방송 라디오 작가
KT&G 상상유니브 에세이 쓰기 강사
에세이 『사는 즐거움』

우리는 푸른 날개를 닮아서

초판 1쇄 발행	2022년 10월 8일
초판 1쇄 인쇄	2022년 10월 8일

지은이	시	김회원	김인환	유한나	김원우	이준수
	에세이	최정수	황한나	최고은	박병현	엄승화

펴낸이	이장우
편집	송세아 안소라
디자인	theambitious factory
마케팅	시절인연
제작	김소은
관리	김한다 한주연
인쇄	아레스트

펴낸곳	도서출판 꿈공장플러스
출판등록	제 406-2017-000160호
주소	서울시 성북구 보국문로 16가길 43-20 꿈공장 1층

이메일	ceo@dreambooks.kr
홈페이지	www.dreambooks.kr
인스타그램	@dreambooks.ceo

전화번호	02-6012-2734
팩스	031-624-4527

ISBN	979-11-92134-24-6
정가	14,000원